LÜGENMASKE: THRILLER

MARCUS HÜNNEBECK

ÜBER DEN AUTOR

Marcus Hünnebeck gehört zu den erfolgreichsten Thriller-Autoren Deutschlands. Seine Bücher erreichen regelmäßig die vordersten Positionen in den Bestsellerlisten und begeisterten inzwischen weit über zweieinhalb Millionen Leser. Besonders mit der Reihe um die beiden Hauptkommissare Robert Drosten und Lukas Sommer hat er sich in der Gunst der Leser nach vorne geschrieben. Nachdem er im Ruhrgebiet aufgewachsen und danach viele Jahre im Rheinland gelebt hat, wohnt er inzwischen in Hamburg.

ÜBER DAS BUCH

Ungeduldig wartet Leo auf seine Freundin Amelie. Anfangs glaubt er, sie würde bloß verspätet zur Verabredung erscheinen, doch je mehr Zeit vergeht, desto unruhiger wird er. Die folgenden Stunden verstreichen ohne ein Lebenszeichen. Till Buchinger und Miriam Decking unterstützen den besorgten Mann bei der Suche. Zu diesem Zeitpunkt ahnen sie noch nicht, dass ein perfider Entführer Amelie in seine Gewalt gebracht hat. Der Täter stellt sie vor eine grausame Wahl: Entweder stirbt sie am nächsten Tag selbst – oder sie lässt sich eine glaubwürdige Lüge einfallen, mit der sie eine gute Freundin in die tödliche Falle lockt.

Als Miriam Decking davon erfährt, erinnert sie der Tathergang an eine offene Ermittlung, die von Hauptkommissar Robert Drosten und seinem Team geleitet wird. Sie alarmiert die Wiesbadener Polizisten, die sofort nach Hamburg eilen. Während die Frist unerbittlich verrinnt, setzen sie gemeinsam alles daran, das Leben der entführten Frau zu retten.

Lügenmaske: Thriller

1. Auflage, Mai 2023

Covergestaltung: © cover.artwize.de

Lektorat: Ruggero Leò
Korrektorat: Kirsten Wendt

Herausgeber:
Marcus Hünnebeck
Heimweg 6, 20148 Hamburg

1

17 Uhr 10

Amelie Rorig schloss die Wohnungstür auf. Sie hatte sich für sechs Uhr mit ihrem Partner Leo und dessen Freunden verabredet, in einer Weinbar am Mittelweg. Mit dem Bus würde sie ungefähr zehn Minuten brauchen. Hinzu käme der Fußweg zur Haltestelle. Also blieb ihr noch eine knappe halbe Stunde Zeit bis zum Aufbruch. Amelie zog ihr Telefon aus der Handtasche. Leo hatte ihr vor einigen Augenblicken geschrieben.

Hey, Liebling, wie sieht's bei dir aus? Schaffst du es rechtzeitig?

Rasch tippte sie ihre Antwort.

Bin gerade eben zur Tür rein, zieh mich jetzt um, mach mich frisch und fahre dann mit der Linie 19 los. Wann bist du dort?

Sie schickte die Nachricht ab. Er antwortete sofort mit einem Herz-Emoji. Kurz darauf folgte die Textnachricht.

Perfekt! Ich bin gegen Viertel vor da. Freue mich auf dich und den Abend.

Amelie lächelte.

Ich schick dir eine Nachricht, wenn ich die Wohnung verlasse.

Sie fügte ein Kuss-Emoji an, dann legte sie das Handy aufs Highboard in der Diele. Was würde sie heute Abend anziehen? Leo hatte ihr schon häufiger von Till Buchinger erzählt, der als Personenfahnder arbeitete und mit einer Hauptkommissarin vom LKA zusammen war. Leo schien vor dem Mann, den er beim Fitnesstraining kennengelernt hatte, großen Respekt zu haben. Das Vierertreffen war seine Idee gewesen.

Sie ging ins Schlafzimmer. Was sollte sie anziehen? Bestimmt würden sie draußen sitzen. Es war zwar erst Mitte Mai, trotzdem fühlte es sich momentan abends eher nach Sommer an. Sie wollte nichts zu Auffälliges tragen, weil sie den Modegeschmack von Leos Freunden nicht einschätzen konnte. Manchmal sammelte man mit unpassender Kleidung sofort Minuspunkte. Ein Privatdetektiv und eine Polizistin. Vielleicht wäre die schwarze Lederjacke eine gute Wahl, kombiniert mit einem weißen Top, einem dunkelblauen, knöchellangen Rock und Boots. Nicht zu aufreizend. Amelie holte das Oberteil und den Rock aus dem Schrank und warf einen Blick auf den Wecker. Sie seufzte und ging ins Badezimmer. Ihre Nervosität stieg.

Um zwanzig vor sechs musterte sich Amelie kritisch im Ganzkörperspiegel. Sie hatte ihr schulterlanges, dunkelblondes Haar zu einem Pferdeschwanz zusammengebunden und dezent dunkelroten Lippenstift aufgetragen. Ihr gefiel die Kleidungskombination. Für den Abend war das perfekt. Amelie ging in die Diele, schlüpfte in die Boots und schnürte sie zu. Sie lag hervorragend im Zeitplan. In aller Ruhe nahm sie das Handy vom Highboard.

Ich mach mich jetzt auf den Weg, Süßer. Bis gleich.

Amelie schickte die Nachricht ab. Sie steckte ihre Geldbörse in die Lederjacke und schaute sich um. Hatte sie auch nichts vergessen? Zufrieden verließ sie die Wohnung in der ersten Etage und schloss von außen ab. Eine kleine Melodie pfeifend, ging sie die Treppe hinunter. Im Erdgeschoss angekommen, bemerkte sie durch die Milchglasscheibe eine Gestalt vor der Haustür. Amelie öffnete. Ein Paketlieferant stand davor. Er lächelte ihr zu.

»Zu wem wollen Sie?«, fragte Amelie.

»Zu Ihnen«, antwortete der Mann.

Plötzlich schoss seine Hand vor. Er drückte ihr ein süßlich riechendes Tuch aufs Gesicht. Sofort wurde ihr schwindelig. Amelie versuchte, sich von ihm zu lösen, doch er hielt sie gepackt.

»Schlaf!«, flüsterte er ihr zu.

Sie verlor das Bewusstsein.

2

Ihr Körper sackte zu Boden. Er fing sie auf. Nun kam der schwierigste Teil. Wenn ihn jetzt jemand sah, wäre er in höchster Gefahr.

Er warf sie sich über die Schulter. Zum Glück war sie schlank und wog keine sechzig Kilo. Trotzdem schwankte er leicht, als er mit ihr zu dem weißen Lieferwagen vor der Haustür ging. Er hatte die Tür nicht ins Schloss einrasten lassen und musste sie bloß aufziehen. Er warf seine Beute auf die Ladefläche und schaute sich um. Er entdeckte niemanden, der ihn hinter einem Fenster beobachtete. Vielleicht hatte er wieder einmal Glück. Er sprang auf die Ladefläche und zog die Tür von innen zu. Jetzt zählte jede Sekunde. Er schob die Frau bis an den Rand. An der Seite war ein Haken festgeschraubt. Aus seiner Jackentasche nahm er ein Paar Handschellen, legte sie ihr um und fixierte sie am Haken. So hätte sie ein wenig Bewegungsfreiheit und müsste nicht die ganze Zeit in einer Position verharren. Er war ja schließlich keine Bestie. Grinsend tastete er sie ab und fand das Handy in ihrer Jackentasche. Das Display war gesperrt. Zuerst würde er den Sensor ausprobieren. Er legte ihren rechten Daumen auf die Sensorfläche, doch es kam nur eine Fehlermeldung. Beim Zeigefinger hatte er Erfolg. Rasch steckte er ein Kabel in den USB-Anschluss und verband ihr Handy mit seinem eigenen. Er übertrug das Chatprogramm. Das System würde dafür ein paar Minuten benötigen. Zeit, die er nutzen würde, um vom Tatort zu verschwinden.

Er kletterte hinters Steuer. Die beiden Telefone legte er auf den Beifahrersitz. Noch gab Amelie keinen Laut von sich. Die Betäubung mit dem Chloroform sollte wenigstens eine Viertelstunde anhalten. Vielleicht ein bisschen länger. Er startete den Motor und fuhr los.

An einer roten Ampel prüfte er den Fortschritt der Datenübertragung. Sie war beendet. Er trennte die beiden Handys voneinander und schaltete Amelies Telefon aus. Kaum war das erledigt, sprang die Ampel auf Grün. Bis zu ihrer vorübergehenden Unterkunft wären sie noch mindestens fünfzehn Minuten unterwegs. Immer wieder warf er einen Blick in den Rückspiegel, den er so eingestellt hatte, dass er sie beobachten konnte. Sie schlief. Er lächelte bei dem Gedanken an die nächsten vierundzwanzig Stunden. Ob es erneut so befriedigend wie bei den ersten Frauen würde? Oder vielleicht sogar besser? Das würde nicht zuletzt von Amelie abhängen.

3

»Hey, Jonas!«, sagte Till zu dem Kellner der Weinbar Clermont.

Der junge Student kam zu Miriam und ihm und begrüßte sie mit Handschlag. Bei dem schönen Wetter war die Hälfte der Sitzplätze auf der Terrasse besetzt.

»Ihr wolltet einen Vierertisch, richtig?«, vergewisserte sich Jonas.

»Ja, wir haben heute zwei Gäste«, antwortete Till.

Jonas deutete zu einem freien Tisch, auf dem ein Reserviert-Schild stand. »Ist der okay?«

»Perfekt.«

Der Kellner nahm das Schild weg, während sich Miriam und Till setzten.

»Was macht die Masterarbeit?«, erkundigte sich Miriam.

Jonas stöhnte theatralisch. »Erinnere mich nicht daran. Ich hänge mit meinem Zeitplan bestimmt eine Woche hinterher.« Er beugte sich vor und sprach mit leiser Stimme weiter. »Andreas musste schon wieder zwei Kolleginnen entlassen, weil die total unzuverlässig waren. Also bin ich dreimal eingesprungen. Wahrscheinlich hab ich am Ende der Woche achtzig Stunden zusammen. Gut fürs Konto, schlecht fürs Studium.«

»Wen hat's getroffen?«, fragte Till.

»Mira und Lana. Die wollten beide nur noch von Donnerstag bis Samstag arbeiten, weil es dann das meiste Trinkgeld gibt. Aber das geht natürlich nicht. Als er ihnen das verwehrt hat, sind sie einfach nicht mehr zu ihren Schichten erschienen. Na ja. Da blieb ihm nichts anderes übrig.« Er richtete sich auf. »Wollt ihr schon etwas bestellen, oder wartet ihr auf eure Freunde?«

»Wir warten«, sagte Till.

»Okay, dann komme ich gleich wieder zu euch.« Jonas ging zu einem anderen Gast, der um die Rechnung bat.

»Wie schade mit Mira und Lana«, raunte Till Miriam zu.

Die nickte. »Habe mich gerne mit den beiden unterhalten. Aber die Ansprüche, die heute vom Personal gestellt werden, sind krass.«

»Ah!«, sagte Till. »Da kommt Leo.« Er stand auf und winkte einem Mann zu, der sogleich lächelte und seinen Schritt beschleunigte.

Die beiden Männer umarmten sich.

»Miriam, das ist Leo. Mein leuchtendes Vorbild an der Beinpresse«, stellte Till ihn vor.

Auch Leo und Miriam nahmen sich kurz in den Arm.

»Freut mich, dich kennenzulernen«, sagte sie. »Till hat mir erzählt, wie gern ihr zusammen trainiert.«

Till und Leo hatten sich vor einigen Monaten im Fitnessstudio kennengelernt und motivierten sich seitdem zweimal die Woche zu Höchstleistungen.

»Ja«, bestätigte Leo. »Mit ihm macht es doppelt so viel Spaß. Du hast einen coolen Freund.«

Miriam lächelte. »Danke. Finde ich auch.«

»Setz dich«, sagte Till. »Wo ist deine Freundin?«

»Amelie kommt gleich mit der 19. Sie hat mir vor ein paar Minuten geschrieben, dass sie zu Hause losgegangen ist.«

»Willst du schon was trinken, oder warten wir auf sie?«, fragte Till.

»Warten wir. Zu viert lässt sich's besser anstoßen. Schön, dass es geklappt hat.« Leo nahm Platz. Sein Blick ging zur nahegelegenen Bushaltestelle. Die Digitalanzeige kündigte die Ankunft eines Busses in vier Minuten an. »Ich schätze, Amelie kommt mit dem nächsten Bus.« Er wandte sich Miriam zu. »Tills Beruf finde ich ja schon ziemlich spannend. Aber deiner? Gehst du so richtig auf Mörderjagd?«

Miriam lächelte. »Ich hoffe zumindest, dass ich es *richtig* mache«, antwortete sie. »Stell dir das alles nicht zu aufregend vor. Mein Job besteht größtenteils aus Schreibtischarbeit. Was treibst du beruflich?«

»Im Gegensatz zu euch langweiliges Zeug. Bin in einer Werbeagentur angestellt und denke mir Kampagnen aus.«

»Kenne ich Werbung, die aus deiner Feder stammt?«, fragte Miriam.

In den nächsten Minuten unterhielten sie sich über verschiedene, von Leo betreute Werbekampagnen, bis der Bus einfuhr. Leo erhob sich und reckte den Hals. Die Türen des Linienbusses öffneten sich, ein paar Menschen stiegen aus, unter ihnen allerdings keine Frau, die altersmäßig zu ihm gepasst hätte.

Leo runzelte die Stirn. »Komisch. Ich hätte gedacht, sie erwischt diesen.« Er zuckte mit den Achseln. »Wahrscheinlich sitzt sie im nächsten. Ich ruf mal eben an. Ist das okay für euch?«

»Klar«, sagte Till.

Leo zog das Handy aus der Hosentasche und rief seine Freundin an. »Ihre Mailbox«, erklärte er überrascht. Wieder zuckte er mit den Achseln. Statt eine Nachricht zu hinterlassen, drückte er das Gespräch weg. »Sie findet meinen Pünktlichkeitswahn anstrengend. Daher quatsche ich ihr besser nicht drauf.« Er legte das Handy auf den Tisch.

»Wie lange seid ihr ein Paar?«, wollte Miriam wissen.

»Seit fast zwei Jahren. Ich hatte mir beim Handball einen Kreuzbandriss zugezogen, und sie war nach der Operation meine Physiotherapeutin. Es hat sofort zwischen uns gefunkt.« Er lächelte versonnen.

»Aua«, sagte Till. »Hat bestimmt wehgetan.«

»Der Bänderriss? Das kann ich dir sagen. Ich bin an einem Gegenspieler hängen geblieben und hab mir das Knie verdreht. Oh Gott, war das ein krasser Schmerz. Das wünscht man seinem ärgsten Feind nicht.«

4

Amelies Stöhnen verriet, dass die Betäubung nachließ. Er schaute auf das stumm geschaltete Navigationssystem. Das Ziel war fast erreicht.

»Hilfe!«, ertönte es von der Ladefläche.

Seine Gefangene zerrte an den Handschellen, die leise klirrten.

»Beruhige dich!«, rief er. »Wir sind gleich da.«

»Was wollen Sie von mir? Hilfe!«

»Schnauze!«

»Hilfe!«, brüllte sie.

Er schaltete das Radio ein und drehte die Musik laut. Im Straßenverkehr würde niemand ihre Schreie hören. Trotzdem war es besser, sie zu übertönen. Genau zu diesem Zweck hatte er einen Rocksender eingestellt. Ein hartes Gitarrenriff erklang.

»Yeah!«, sagte er. Er schüttelte den Kopf im Takt der Musik. »Geile Mucke!«

Hoffentlich beobachtete sie ihn. Sie sollte sich vor seinem Geisteszustand fürchten. Ihre Hilfeschreie ließen rasch nach.

»Was haben Sie vor?«

Über den Song hinweg war sie kaum zu hören. Er wartete das Ende des Lieds ab, ehe er das Radio leiser stellte. »Wir sind gleich am Ziel. Dann erkläre ich dir alles. Aber nur, wenn du dich benimmst. Kein Geschrei mehr, okay?«

Er rechnete mit Widerstand, doch sie blieb ruhig.

Braves Mädchen, dachte er. *So gefällst du mir.*

Kurz darauf bog er nach links in einen Feldweg ab. Die nächsten fünfhundert Meter rumpelte es, dann bremste er ab und stellte den Motor aus.

»Wir sind da«, erklärte er.

»Wo sind wir? Wer sind Sie? Und was wollen Sie von mir?«

»So viele Fragen«, sagte er amüsiert. »Eins nach dem anderen.«

Er kletterte nach hinten und musterte seine Beute. Sie war gut gekleidet, ganz nach seinem Geschmack. Wenn sie sich nicht gegen eine Freundin einlösen würde, wäre das nicht zu seinem Verdruss.

»Du darfst mich Leo nennen.«

»Was?«

Er lachte. »Ja! Ich heiße wie dein Freund. Ist das nicht lustig?«

»Das kann nicht sein.«

»Nenn mich Leo. Meinetwegen auch *mein Herr* oder *mein Gebieter*. Das darfst du dir aussuchen. Wir sind hier auf einem ehemaligen Bauernhof, in einem abgelegenen Teil Hamburgs, trotzdem gar nicht so weit von der Alster entfernt. Oder besser gesagt, dem Mittelweg.« Wieder lachte er. »Du müsstest dein Gesicht sehen. So viele Fragen. Es ist unwichtig, woher ich weiß, was du vorhattest. Ganz im Gegensatz zu dem, was ich dir jetzt erkläre. Also hör mir gut zu. Es ist genau achtzehn Uhr. Die nächsten vierundzwanzig Stunden werden für dich entscheidend sein, denn länger halte ich dich nicht gefangen. Du hast es selbst in der Hand, ob du unser Kennenlernen unbeschadet überstehst oder morgen um diese Uhrzeit stirbst.«

»Nein! Bitte!«

»Zuhören! Verdammt! Unterbrich mich nicht ständig. Sonst verliere ich den Faden.« Er hielt inne und funkelte sie wütend an. Rasch senkte sie den Blick. »Du kannst dich entscheiden, ob du in diesem Wagen morgen um achtzehn Uhr stirbst oder überlebst.«

Sie setzte zu einer Erwiderung an. Zornig zog er die Augenbrauen zusammen.

»Entschuldigung«, flüsterte sie.

»Deine einzige Chance freizukommen, sind deine Freundinnen.«

»Was?«

»Du kannst eine beliebige Freundin anrufen und sie um Hilfe bitten. Sie bitten, dich zu treffen. Natürlich unter einem Vorwand. Von mir darf sie nichts erfahren. Ich werde morgen um achtzehn Uhr eine Frau töten. Das musst nicht du sein.«

»Ich soll ...«

»... du sollst dich gegen eine Freundin austauschen. Richtig. Dann bist du frei und kannst dein Leben weiterleben.«

»Aber dann stirbt eine meiner Freundinnen.«

»Nicht unbedingt, denn auch die Frau, gegen die ich dich austausche, kann jemanden anrufen und Hilfe erbitten. Erst wer nach vierundzwanzig Stunden mit mir allein ist, wird sterben. Das muss niemand sein, den du kennst.«

»Warum?«

»Weil es Spaß macht. Das ist wie das Spiel ›Reise nach Jerusalem‹. Kennst du das?«

»Ja.«

»Ich habe das früher geliebt. Dieser Moment, wenn die Musik ausgeht und sich alle auf die Stühle stürzen.« Er kicherte. »Oft hab ich Freunden auf Kindergeburtstagen ein Bein gestellt, damit ich weiter im Spiel blieb. Herrlich! Manchmal waren sie richtig sauer auf mich. Das war doppelter Spaß.«

»Das können Sie von mir nicht erwarten.«

»Es ist deine Entscheidung. Du kannst auch einfach nichts unternehmen. Dann ziehe ich dich morgen um diese Uhrzeit aus, schmier dich mit Gleitgel ein, dringe in dich ein und lege meine Hände um deinen Hals. Vielleicht gefällt es dir sogar. Ich kann das wirklich gut.« Er zwinkerte ihr zu. »Ich komme, während ich dich erwürge. Ein Geben und ein Nehmen. Fair, oder?«

»Bitte!«, flehte sie.

»Hör auf damit. Morgen um achtzehn Uhr passiert das. Du entscheidest, mit wem ich mich vergnüge. Als du bewusstlos warst, hab ich dein Chatprogramm auf mein Handy kopiert. Mir sind schon ein paar Frauen aufgefallen, denen du regelmäßig schreibst. Die meisten Profilbilder gefallen mir. Ich hab übrigens ein Vetorecht. Falls du jemanden anrufen willst, der mir gar nicht gefällt, mache ich davon Gebrauch. Kapierst du das? Ich kann's dir noch mal in Ruhe erklären. Oder willst du sofort telefonieren, weil du es bei mir nicht länger aushältst?«

Sie starrten sich an.

5

Der Bus musste vor einer roten Ampel halten. Leo verdrehte die Augen. Till fand es befremdlich, wie unruhig sein Freund war, weil seine Partnerin sich ein wenig verspätete. Er warf Miriam einen Blick zu. Sie hob die Augenbrauen. Offenbar verstand sie Till auch ohne Worte. Hatte Leo seine Freundin zu diesem Treffen überreden müssen? War er deswegen so unsicher, ob sie wirklich kommen würde und befürchtete sogar, sich zu blamieren?

Die Ampel sprang auf Grün um. Langsam rollte der Bus an, die Haltestelle lag wenige Meter entfernt. Leo erhob sich, als die Busfahrerin die Türen öffnete. Ein paar Passagiere stiegen aus.

»Wo ist sie bloß?«, fragte er verwirrt. »Diesen Bus hätte sie spätestens bekommen müssen.«

»Vielleicht hat sie auf dem Weg zur Haltestelle jemanden getroffen und ist ins Quatschen gekommen«, spekulierte Miriam.

»Kann gut sein. Aber dann hätte sie zumindest eine Nachricht schicken können.«

Der Kellner Jonas kam zu ihnen an den Tisch. »Wie sieht's bei euch aus? Wartet ihr noch?«

»Nein«, erwiderte Leo. »Ich hätte gern ein Bier.«

Till bestellte für Miriam und sich Weißwein. Unterdessen wählte Leo die Nummer seiner Freundin. Sofort sprang die Mailbox an.

»Hey, Liebling, es ist jetzt fünf nach sechs, und ich erreiche dich nicht. Alles in Ordnung bei dir? Meld dich bitte!« Er beendete die Verbindung und tippte eine Nachricht ein. »Angeblich ist sie offline. Behauptet zumindest Whatsapp.«

»Kannst du ihr Telefon orten?«, fragte Till. »Bist du dafür freigeschaltet?«

»Nein. Amelie findet das schrecklich. Mich hätt's nicht gestört, aber ...« Er zuckte die Achseln.

Jonas brachte ihnen die Getränke. Sie stießen an. Um Leo auf andere Gedanken zu bringen, erzählte Till eine Anekdote aus dem Fitnessstudio, die sein Freund nicht mitbekommen hatte. Tatsächlich grinste Leo und gab seinerseits eine Geschichte zum Besten, die er mit derselben Person erlebt hatte. Ihre Unterhaltung kam in Fahrt, bis der nächste Bus auftauchte, aus dem Amelie wieder nicht ausstieg.

»Immer noch offline«, sagte Leo nach einem Blick auf das Chatprogramm. »Ich versteh's nicht.«

»Kommt deine Freundin öfter zu spät?«, wollte Miriam wissen.

»Hin und wieder. Ich bin immer pünktlich, deswegen nervt's mich schnell.«

»Also ist das nicht ungewöhnlich«, schlussfolgerte Miriam.

»Na ja, irgendwie schon, weil sie normalerweise erreichbar ist.«

Till beugte sich vor. »Vielleicht hat sich das Telefon in

der Handtasche von allein ausgestellt. Leerer Akku oder so. Dann ist sie nicht ...«

»Nein«, unterbrach Leo ihn. »Wenn sie sich verspätet, sagt sie mir Bescheid. Also würde es ihr auffallen, wenn das Handy aus wäre. Na ja. Bin gespannt auf ihre Erklärung.«

Mit jedem Bus, in dem Amelie nicht saß, wurde Leo unruhiger. Um kurz nach halb sieben, als drei weitere Busse der im Sieben-Minuten-Takt fahrenden Linie angekommen waren, stand Leo auf.

»Es tut mir leid, dass ich euch den Abend ruiniere. Aber ich fahre jetzt zu ihr. Ich hoffe, wir können das demnächst nachholen.«

»Hast du einen Schlüssel?«, fragte Miriam.

»Ja.«

»Ich könnte dich begleiten«, schlug Till vor. Er stand ebenfalls auf. Aus der anderen Richtung näherte sich ein Bus. Leo nickte.

»Das wäre toll.«

»Miriam, bleibst du hier und wartest auf Amelie?«, vergewisserte sich Till.

»Ich rühre mich nicht vom Fleck.«

»Bis später.«

Der Bus hatte die Haltestelle fast erreicht. Sie überquerten hinter ihm die Straße und stiegen ein.

»Hast du ein Ticket?«, fragte Till.

»Monatsticket«, antwortete Leo.

»So wie ich.« Sie setzten sich. Till beugte sich zu seinem Freund. »Ich wollte dich vor Miriam nicht in Verlegenheit bringen. Ist zwischen Amelie und dir alles in Ordnung? Oder hatte sie vielleicht gar keine Lust auf das Treffen und bestraft dich jetzt?«

»Das würde nicht zu ihr passen«, antwortete Leo. Er seufzte. »Wir hatten letzten Herbst eine kritische Phase. Damals hatte sie wenig Zeit für mich, hat selten mit mir gechattet und ein paar Verabredungen kurzfristig abgesagt. Ich dachte, sie hat eine Affäre. Du weißt ja, wie ich sie kennengelernt habe. Durch ihren Job. Und ihr ist rausgerutscht, einen interessanten neuen Patienten zu behandeln. Einen Musicaldarsteller, der auf der Bühne gestürzt ist und sich die Kniescheibe gebrochen hat.«

»Autsch.«

»Amelie hat ein Helfersyndrom. Ich weiß nicht, ob wir zusammengekommen wären, wenn ich ihr in einem Club begegnet wäre. Ich habe ja fast acht Monate gebraucht, bis das Knie wieder voll belastbar war, in der Zeit haben wir miteinander angebandelt. Und sie hat mich so liebevoll umhegt. Vielleicht ... na ja, ich hab mich gefragt, ob dieser Typ die alten Gefühle bei ihr auslöst. Aber im Februar waren wir aus dem Tal raus. Seitdem war nichts, was mich misstrauisch gemacht hätte. Ganz im Gegenteil. Der Kanaren-Urlaub im März war einfach nur schön. Ich versteh's nicht.«

»Denkt ihr übers Zusammenziehen nach?«

»Nicht so richtig. Wir haben beide für Hamburger Verhältnisse günstige Mieten. Wenn wir uns was Gemeinsames suchen, wird es auf jeden Fall teurer.«

»Würde einer von euch gern zusammenziehen, und der andere blockt?«

»Nein. Wir sind da einer Meinung. Till, da war nichts zwischen uns, was ihr Verhalten erklären kann. Glaub mir! Ich hab ein ganz mieses Gefühl.«

Am Winterhuder Marktplatz stiegen sie aus und liefen die rund vierhundert Meter bis zum Mehrfamilienhaus. Till achtete unterwegs darauf, ob am Straßenrand etwas lag, das einer Frau gehören könnte. Doch er entdeckte nichts.

Kurz vor der Haustür zog Leo einen Schlüsselbund aus

der Hosentasche. »Sie wohnt in der ersten Etage. Im Erdgeschoss lebt eine junge Familie, mit der sie sich gut versteht. Da könnten wir klingeln, falls ...« Er fand den richtigen Schlüssel und öffnete die Tür. Sie gingen zur Wohnung, und Leo verschaffte ihnen Zutritt.

»Ich seh ihre Handtasche nicht«, stellte er fest. »Die steht sonst immer auf dem Schrank. Es sei denn, Amelie hat sie bei sich.«

»Und sie hat nur diese eine Tasche?«

»Sie hat mehrere, aber die ist ihr ganzer Stolz. Von Gucci. Zu unserer Verabredung hätte sie die auf jeden Fall mitgenommen.«

Gemeinsam schauten sie sich um. Im Schlafzimmer öffnete er ihren Kleiderschrank. »Wenn ich mich nicht irre, hängt hier sonst eine Lederjacke.«

Till überprüfte das Badezimmer. Das über der ausgeschalteten Handtuchheizung hängende Badetuch war leicht feucht. Für ihn gab es keinen Zweifel. Leos Freundin schien die Wohnung verlassen zu haben. Aber warum war sie dann nicht zu ihrer Verabredung aufgetaucht?

* * *

Um zwanzig nach sieben kehrten sie zu Miriam zurück. Sie berichteten ihr von ihren Eindrücken in der Wohnung und einem kurzen Gespräch mit Nachbarn, das jedoch nichts erbracht hatte.

»Jetzt bleibt ihr beide hier«, sagte Miriam. »Ich telefoniere die Hamburger Krankenhäuser ab. Als LKA-Kommissarin bekomme ich unkompliziert Auskünfte. Ich erledige das aus unserer Wohnung. Sollte keine halbe Stunde dauern.«

»Danke«, murmelte Leo. »Falls sie einen Unfall hatte,

fahre ich sofort zu ihr. Aber was, wenn nicht? Kannst du dann etwas unternehmen?«

Miriam schüttelte den Kopf. »Bei einer erwachsenen Frau müssen mindestens vierundzwanzig Stunden vergangen sein oder zumindest Anzeichen für ein Verbrechen vorliegen. Warten wir's ab. Bis gleich.«

6

19 Uhr 50

Er öffnete vor Amelies Augen eine Tupperdose. »Ich hoffe, du bist keine Veganerin«, sagte er.

»Was?«, fragte sie verständnislos.

»Du musst bei Kräften bleiben. Mit leerem Bauch trifft man keine guten Entscheidungen. Ich habe hier kleingeschnittene belegte Brote. Mit Käse und Fleischwurst. Oder bist du Veganerin?«

»Nein«, antwortete sie. »Aber ich will nichts.«

Sie schaute in die Dose. Darin lagen viereckige Brotstücke. Ihr Magen knurrte deutlich vernehmbar.

»Du hast also keinen Hunger«, sagte er amüsiert.

»Sie haben vielleicht ein Betäubungsmittel ins Brot getan.«

»Warum sollte ich? Wenn du schläfst, macht mir das hier viel weniger Spaß.«

Er hielt sich eine Hand vor die Augen und kreiste mit der anderen über der Dose. Wie ein Adler stieß die Hand hinab. Er erwischte ein Brotstück mit Fleischwurst, das er sich in den Mund steckte und genüsslich aß.

»Ich könnte dich füttern«, schlug er vor.

»Meinetwegen«, sagte sie schließlich.

Er lächelte. »Warum nicht gleich so? Ich rücke näher an dich heran, aber keine Sorge, noch fass ich dich nicht an.«

Stumm steckte er ihr die Brotstücke in den Mund. Als das letzte Stück gegessen war, bat sie ihn um Wasser. Er holte eine Tasche von der Beifahrerseite und entnahm ihr eine Flasche Sprudel.

»Die Flasche ist ungeöffnet. Soll ich trotzdem den ersten Schluck nehmen?«

»Nicht nötig.«

Er drehte den Verschluss auf, und es zischte. Vorsichtig führte er ihr die Öffnung an den Mund und ließ sie langsam trinken. »Nicht zu viel. Sonst musst du nachher zu oft pinkeln.« Er zog die Flasche zurück.

»Ich versteh's nicht«, sagte sie leise.

Er lächelte sie geheimnisvoll an.

»Erklären Sie's mir.«

Er legte die Flasche zurück in die Tasche, die er im Fußraum der Beifahrerseite deponierte. Dann setzte er sich wieder zu ihr. »Versteht ein Krebskranker, warum es ausgerechnet ihn getroffen hat?«, fragte er. »Das ist Schicksal. Dumm gelaufen. Persönliches Pech.« Der Mann grinste. »Aber im Gegensatz zu einem schwerkranken Patienten kannst du das hier rasch beenden. Je schneller du eine deiner Freundinnen gegen dich einlöst, desto eher bist du frei und kannst die Polizei alarmieren.«

Sie schaute ihn überrascht an. Daran hatte sie noch keinen Gedanken verschwendet. »Sie lassen mich sowieso nicht laufen«, flüsterte sie. »Das ist eine Lüge.«

»Ist es nicht. Es ist ein Spiel. Mit dem ich erst aufhöre, wenn die Bullen mich töten. Ansonsten ziehe ich von

Stadt zu Stadt und hinterlasse überall blutige Fußabdrücke.«

»Warum tun Sie das? Wieso hassen Sie Frauen?«

Er grinste. »Weil sie mich fertiggemacht haben. So oft. Du kannst dir das nicht vorstellen«, flüsterte er.

»Glaube ich Ihnen nicht. Sie sehen nicht aus wie ein ... Mobbingopfer.«

»Vielleicht habe ich mich transformiert.«

»Nein«, widersprach sie. »Seien Sie ehrlich zu mir. Ich will es einfach nur verstehen.«

»Du bist die Erste, die danach fragt. Dein Interesse ehrt mich.« Er zupfte sich am Ohrläppchen und starrte zu Boden. »Ich bin verraten worden.« Er lachte bitter. »Vier Jahre haben wir zusammengelebt. Ich hätte alles für sie getan. *Habe* alles für sie getan, was in meiner Macht stand. Ohne zu wissen, dass sie im letzten halben Jahr hinter meinem Rücken einen anderen Scheißkerl gefickt hat. Aber ihre besten Freundinnen wussten natürlich Bescheid, im Gegensatz zu mir.«

»Sie tun mir das an, weil Ihre Ex Sie betrogen hat? Dafür kann ich nichts.«

»Als wenn es so einfach wäre. Das war bloß der berühmte Tropfen, der alles zum Überlaufen gebracht hat. Sie hat mein Konto geplündert, mich hintergangen. Ich war kurz davor, mich vor eine Bahn zu schmeißen. In der Hoffnung, sie würde sich daran die Schuld geben. Ich stand schon an den Gleisen. Aber dann wurde mir klar, dass es ihr egal wäre. Ich konnte nichts tun, um es Lisa heimzuzahlen. Also zog ich mich von der Bahnstrecke zurück. Eine Minute später raste ein ICE an der Stelle vorbei. Nur eine Minute! Ich wäre tot gewesen. Zu Hause schloss ich mich tagelang ein und dachte nach. Dann hatte ich die Idee. Ich musste mich rächen. Nicht an Lisa direkt, so funktioniert es leider nicht. Zumindest nicht sofort. Wer weiß, was die Zukunft bringt? Vielleicht kriege ich sie eines Tages in die Finger.« Er zuckte die Achseln. »Außerdem will ich, dass sich auch andere rächen können. Deswegen sind wir hier. Verstehst du es jetzt?«

»Das ist nicht fair«, sagte sie leise.

»Für dich nicht. Aber ich ...« Er lächelte. »Vierundzwanzig Stunden Dauererregung. Kannst du dir das vorstellen? Das längste Vorspiel überhaupt. Es gibt kein besseres Gefühl. Zu wissen, was ich mit dir oder einer der Austauschfrauen morgen um achtzehn Uhr anstellen werde, das ist ...« Er fuhr sich mit der Zunge über die Lippen.

Angewidert wandte sie den Blick ab. »Sie haben das schon mal gemacht?«, flüsterte sie.

»Du bist das dritte Opfer, das ich verschleppt habe.«

»Alle hier in Hamburg?«

»Nein, das wäre zu auffällig. Aber Großstädte sind ideal. Es ist so einfach, sich an den Frauen zu bedienen. Soll ich dir von deinen Vorgängerinnen erzählen? Vielleicht fällt es dir dann leichter, die richtige Entscheidung zu treffen.«

Nun schaute sie ihn an. »Ja«, sagte sie leise.

»Lotta war die Erste. Ich hab sie mit der gleichen Masche wie bei dir an der Haustür abgefangen. Das war in Bochum. Ich habe ihr die Spielregeln erklärt. Sie hat geweint, gezetert, um ihr Leben gebettelt. Drei Stunden vor Ablauf des Ultimatums machte sie sich endlich die richtigen Gedanken. Neunzig Minuten später rief sie ihre Freundin Bianca an. Ich habe Bianca zwanzig Minuten vor Fristende in die Finger bekommen, bin mit ihr davongerast. Es war knapp, sehr knapp. Aber unsere Paarung war trotzdem – oder gerade deswegen – unvergesslich. Ich glaube, an diesem einen Tag habe ich so viel über die menschliche Psyche gelernt wie in meinem gesamten Leben zuvor. Sechs Wochen habe ich von den Erinnerungen gezehrt. War fest davon überzeugt, dass die Bullen bei mir auftauchen würden. Nichts passierte. Also bereitete ich alles für die nächste Jagd vor. In München. Schön weit weg vom Ruhrpott. Sie hieß Greta. Auch bei ihr klappte die Entführung wie am Schnürchen. Sie wollte die Spielregeln nicht hören, hat sich die Seele aus dem Leib gebrüllt, bis ich sie geknebelt habe. Erst dann hat sie mir notgedrungen zugehört. Und in der Nacht ist ihr die Erkenntnis gekommen. Am Vormittag rief sie ihre Freundin Finja an. Der Austausch lief problemlos. Auch ihr musste ich die Regeln erklären. Sie war klug, denn sie hat schnell erkannt, was das Beste für sie wäre. Am späten Mittag tauschte ich sie gegen Noreen aus und ließ Finja laufen.« Er kratzte sich die Stirn. »Diese Bäumchen-wechsle-dich-Spiele sind nicht ganz ohne Gefahr. Der erste Austausch ist harmlos. Niemand weiß davon. Aber als ich Greta freiließ, rannte sie zur Polizei und nannte Finjas Namen. Ich wusste also, dass die Bullen mit im Spiel waren. Bei Lotta war das anders. Bianca lebte ja nicht mehr lange genug. Finja hingegen hatte noch über acht Stunden Zeit. Konnte ich ausschließen, dass die Bullen so klug waren, Finjas Freundinnen vorzuwarnen, um mich in eine Falle zu locken? Nein! Das hatte einen ganz besonderen Reiz. Ich hab's genossen. Du kannst mir jeden aus deiner Freundesliste nennen. Wenn die ausgewählte Person nicht total hässlich ist, nehme ich sie. Danach muss ich deutlich vorsichtiger agieren. Finjas ersten Vorschlag hatte ich abgelehnt.«

»Mir schwirrt der Kopf«, sagte Amelie.

»Du musst dich einfach entscheiden. Willst du morgen um achtzehn Uhr sterben ...«

»Nein!«

»... oder weiterleben?«

»Leben.«

»Dann gebe ich dir ein paar Tipps. Ich finde die eigentlich logisch, war aber noch nie in deiner Situation.« Er schmunzelte gehässig. »Je früher du frei bist und zu den Bullen rennst, desto mehr Zeit gibst du ihnen, mich zu jagen. Das ist eine einfache Gleichung. An deiner Stelle würde ich sie schon um sieben anrufen. Außerdem kannst du gedanklich die Frauen eingruppieren. Willst du dich gegen eine Mutter kleiner Kinder einlösen? Das wäre schäbig und gleichzeitig hochinteressant. Oder nimmst du eine junge Frau, die einen engen Draht zu ihrer Familie hat? Auch das wäre hart. Aber vielleicht warst du ja schon immer neidisch darauf, weil du kein gutes Verhältnis zu deinen Eltern hast. Ich gebe dir die Chance, dich zu rächen. Hat dich eine Freundin in der Vergangenheit hintergangen? Dann los! Jetzt ist dein Moment gekommen. Kann natürlich sein, dass du die Schmerzen für die Angehörigen möglichst gering halten willst. Bestimmt kennst du eine liebenswerte, aber sehr introvertierte Eigenbrötlerin. Auch die kannst du benennen. Es ist dein Zug. Du bist an der Reihe.«

»Ich glaube Ihnen nicht«, sagte sie.

»Nichts von dem, was ich dir in den letzten Minuten gesagt habe, war gelogen. Das verspreche ich.« Theatralisch legte er sich eine Hand auf die Brust. »Und jetzt gebe ich dir das beste Argument, bevor du frei entscheidest. Greta und Finja waren gut befreundet. Aber Noreen konnte mit Gretas Namen überhaupt nichts anfangen. Die kannten sich nicht mal! Die Person, die du auswählst, kennst du. Falls sie stirbt, wird dich das für immer belasten. Ich frage mich, ob Greta wegen Noreen schlaflose Nächte hat. Ich kann's mir nicht vorstellen. Ja, sie hat den ersten Stein geworfen. Aber sie hat die Tote nicht gekannt. Wenn du deine Seele schützen willst, solltest du das bedenken. Oder du opferst dich für all deine Freundinnen. Das wäre heldenhaft. Ich lasse dich darüber nachdenken, während ich mal kurz austrete.«

Er lächelte sie fast liebevoll an, bevor er sich erhob, die

Seitentür aufschob und vorsichtig hinausspähte. Dann verließ er den Wagen und warf die Tür ins Schloss.

Während Amelie versuchte, ihre Panik in Schach zu halten, ließ sie sich alle Informationen durch den Kopf gehen. Was er sagte, ergab auf widerliche Weise Sinn. Wenn sie jetzt ein Austauschopfer fände, hätte sie viel Zeit, um die Polizei zu alarmieren. Und was er nicht wusste: Sie war an diesem Abend sogar mit einer Kriminalhauptkommissarin des LKA verabredet gewesen. Würde ihm das das Genick brechen? Bestimmt könnte das den Start der Fahndung beschleunigen.

Aber was, falls er log und sie nicht freiließe, sondern tötete, sobald er ein anderes Opfer in die Finger bekommen hätte? Oder wenn ...

Die Tür öffnete sich und riss sie aus den Gedanken. Aufreizend langsam zog er sich den Reißverschluss der Hose hoch. »Im erregten Zustand zu pinkeln, ist nicht leicht. Oh Gott, macht mich das alles an.« Er seufzte.

Seine sexuell aufgeladene Stimme gab den Ausschlag. Sie musste ihm vertrauen. Die Vorstellung, ihn in ihren letzten Sekunden in sich zu spüren, war unerträglich. »Okay. Ich tu's«, sagte sie leise.

»Jemanden anrufen? Du bist jetzt schon so weit? Großartig! Das wird spannend.« Er klatschte begeistert in die Hände.

»Kann ich mich darauf verlassen, dass Sie Wort halten?«

»Ich versprech's. Sobald ich deine Freundin in meiner Gewalt habe, bist du frei. Wer soll es werden? Sag mir ihren Namen.«

7

20 Uhr 45

Leo saß an Amelies Couchtisch vor ihrem aufgeklappten Laptop. Nachdem Miriam von den Krankenhäusern nichts in Erfahrung gebracht hatte, war er erneut in die Wohnung seiner Freundin gefahren. Diesmal allein, um seine Gedanken zu ordnen. Er hatte sich vor Miriam und Till geschämt, denn ihn ließ eine Ahnung nicht los.

Zu seinem Glück hatte Amelie alle Passwörter gespeichert, sodass er vollen Zugriff auf alles besaß. Über Instagram hatte er einige Freundinnen ausfindig gemacht und zwei von ihnen schon angeschrieben. Allerdings hatten sie beide seit über einer Woche nichts mehr von Amelie gehört.

Dann hatte er sich den Nachrichtenverlauf zwischen Amelie und Sofie Klaiber durchgelesen. Angeblich war Sofie gerade online.

Hallo Sofie, ich bin's. Leo Füchsel. Amelies Freund. Du kennst mich. Ich schreibe von ihrem Account, weil ich auf der Suche nach ihr bin. Hast du in den letzten Stunden etwas von Amelie gehört?

Er schickte die Nachricht ab, die rasch gelesen wurde. Anfangs reagierte Sofie nicht darauf. Am liebsten hätte ihr Leo eine Erklärung hinterhergeschickt, stattdessen übte er sich in Geduld.

Endlich zeigte die App an, dass sie ihm antwortete.

Leo? Hi! Was heißt, du bist auf der Suche nach Amelie? Wie kommst du in ihren Account?

Eine berechtigte Frage.

Wir waren heute verabredet, aber sie ist nicht aufgetaucht. Also bin ich zu ihr gefahren und chatte gerade über den Laptop mit dir. Von Amelie fehlt jede Spur.

Diesmal antwortete sie sofort.

Lass uns telefonieren!, schlug sie vor. *Ruf mich an.*

Ich habe deine Telefonnummer nicht.

Sie schickte sie ihm. Er tippte die Ziffern in sein Telefon, und die Verbindung baute sich auf.

»Hey«, begrüßte sie ihn. »Leo?«

»Hi, Sofie, danke für deine Nummer.«

»Keine Ursache. Erzähl! Was genau ist passiert? Wo ist Amelie?«

»Ich hab keine Ahnung.« Leo berichtete ihr von der Verabredung mit seinem Freund und dessen Partnerin. Dass es sich bei Miriam um eine Polizistin handelte, verschwieg er ebenso wie Tills bisherige Rolle in dem Drama. »Sie hat mir eine Nachricht geschrieben, als sie zur Bushaltestelle gegangen ist. Allerdings sie ist nie am Mittelweg angekommen. Hast du etwas von ihr gehört? Ich mache mir Sorgen.«

»Nein«, antwortete Sofie. »Klingt echt komisch. Aber sie kann doch nicht einfach auf dem kurzen Weg zum Bus verschwinden.«

»Würde mich auch wundern. Keine Ahnung. Ich weiß nicht, was ich denken soll. Wann hattet ihr das letzte Mal Kontakt?«

»Wir haben vor ungefähr einem Monat ein paar Sprachnachrichten ausgetauscht. Kein reger Kontakt in letzter Zeit.«

»Wie klang sie für dich? Hat sie etwas angedeutet?«

»Was meinst du?«

Er zögerte, weil er nicht zu weinerlich klingen wollte. »Trennungsgedanken?«

»Stand das wieder im Raum?«

Leo schloss die Augen. Sie schien tatsächlich etwas zu wissen. »Wieso sagst du: *wieder*?«

Sofie lachte unsicher und verfiel in Schweigen.

»Rede bitte Klartext mit mir!«

»Ach, Leo. Ich weiß nicht viel, echt nicht. Aber ihr hattet im Herbst Probleme, oder? Hat zumindest Amelie angedeutet. Stimmt das?«

»Ja, war eine kritische Phase.«

»Haben sich eure Probleme wieder gehäuft?«

»Meiner Meinung nach nicht. Ganz im Gegenteil. Aber vielleicht weiß ich einfach nicht alles. Was hat sie dir im Herbst erzählt?«

»Nicht so viel«, behauptete Sofie.

»Sei ehrlich. Ich werd's verkraften.«

Sie zögerte. Obwohl es ihm schwerfiel, bedrängte er sie nicht.

»Ach, Leo«, wiederholte sie schließlich. »Letzten Herbst war Amelie so aufgekratzt. Wir hatten uns zufällig im Alsterhaus getroffen. In der Unterwäscheabteilung.«

»Okay.« Er erinnerte sich nicht an neue Unterwäsche.

»Sie strahlte. Ich sagte zu ihr, sie würde gut aussehen. Da meinte sie, Veränderungen lägen in der Luft. Ich dachte erst, du hättest ihr vielleicht einen Antrag gemacht. Also fragte ich nach dir. Da schüttelte sie bloß den Kopf. Meinte, es wäre kompliziert zwischen dir und ihr. Na ja. Die Unterwäsche ... Ich will echt nicht deine Gefühle verletzen.«

»Tust du nicht.«

»Okay. Meinetwegen. Die war sexy. Anders kann man es nicht sagen. Kauft man die für einen Freund, mit dem es kompliziert ist? Vielleicht, um wieder Schwung reinzubekommen. Aber auf mich wirkte das nicht so, als sei der Kauf für dich gewesen.«

»Also hatte sie im Herbst einen anderen?«

»Kann das denn sein?«

Diesmal ließ er sich mit der Antwort Zeit und räusperte sich. »Ihr ist damals ein Spruch über einen neuen Patienten herausgerutscht, der mich misstrauisch gemacht hat. Ich war ja auch zuerst bei ihr in Behandlung, bevor …«

»Ich weiß.«

»Na ja. Da wurde ich unsicher. Aber irgendwann war diese Phase vorbei. Hat sie dir denn von einem anderen Kerl erzählt?«

»Nein. Das nicht. Kurz nachdem ich deinen Namen genannt hatte, verabschiedete sie sich von mir. Als wäre ihr erst da eingefallen, dass wir uns kennen. Oder als wäre die andere Sache noch zu unsicher, um mit einer Freundin darüber zu reden.«

»Shit!«

»Aber wenn du sagst, alles wäre wieder gut gewesen …«

»Was weiß ich schon? Vielleicht. Keine Ahnung. Danke, Sofie. Darüber muss ich nachdenken. Meldest du dich bei mir, falls du etwas von ihr hörst? Ich mache mir große Sorgen. Selbst wenn sie sich trennen will, soll es ihr gut gehen.«

»Versprochen.«

Leo beendete das Telefonat und legte sein Handy beiseite. Er stand auf und trat ans Wohnzimmerfenster. War ihm im Herbst neue Unterwäsche an ihr aufgefallen? Zumindest keine, die besonders sexy gewesen wäre. Daran könnte er sich garantiert erinnern. »Na toll!«, brummte er. Wenn Amelie ihn schon einmal betrogen hatte, könnte sie das wieder tun. Musste Till das erfahren?

8

20 Uhr 58

Tills Telefon klingelte. Er und Miriam saßen auf der Dachterrasse und tranken kalte Limonade.

»Das ist Leo«, sagte Till nach einem Blick aufs Display. Er nahm den Anruf entgegen. »Hey! Hast du etwas von ihr gehört?«

»Nein. Aber ich habe gerade mit einer ihrer Freundinnen telefoniert. Ich glaube, Amelie hatte im Herbst wirklich eine Affäre. Das muss der Musicaltyp gewesen sein. Jemand anders fällt mir nicht ein. Ich kann's nicht fassen.«

Leo berichtete ihm von dem Telefonat. Der Kauf der Unterwäsche, an die er sich nicht erinnern konnte, war auch für Till ein starkes Indiz.

»Na ja, und wenn sie mich im Herbst betrogen hat ... weiß nicht. Vielleicht war der Kerl damals noch vergeben und jetzt ... Oh Gott, Till. Keine Ahnung, was ich denken soll. Es fühlt sich scheiße an. Warum macht sie nicht einfach

Schluss mit mir? Hält sie mich bloß warm? Falls es zwischen ihnen wieder nicht klappt?«

»Ach, Leo. Vielleicht hat das nichts zu bedeuten.«

»Danke, dass du das sagst. Aber wir wissen beide, wonach es aussieht. Ich fahre nach Hause. Hier in ihrer Bude werde ich wahnsinnig. Stell dir vor, sie bringt ihn mit zu sich. Soll ich mich dann im Kleiderschrank verstecken?«

»Telefonieren wir morgen mal?«

»Machen wir. Danke für alles.«

»Halt die Ohren steif. Und gib uns Bescheid, wenn du etwas von ihr hörst.«

Leo brummte zustimmend und beendete das Telefonat. Till schaute zu Miriam, die das Gespräch über den Lautsprecher verfolgt hatte.

»Hm«, sagte sie.

»Ziemlich eindeutig, oder? Ich meine, für wen kauft sich eine Frau hübsche Unterwäsche, wenn nicht ...«

»Das ist Quatsch!«, widersprach sie. »Manchmal macht Frau das einfach für sich selbst. Du Macho-Arsch!«

»Also glaubst du nicht, dass sie im Herbst keine Affäre hatte?«

»Das habe ich nicht gesagt. Ich find's unerheblich für die aktuelle Situation.«

»Wieso?«

Miriam nippte an ihrer Limonade. »Gehen wir davon aus, Amelie hatte letzten Herbst eine Affäre. Vielleicht hat sie sich sogar in den Typen verliebt, der ihre Gefühle aber nicht im selben Maß erwidert hat. Also verläuft es im Sande. Heute ist sie mit Leo und uns zum Pärchenabend verabredet. Wo sie nicht auftaucht, obwohl sie Leo kurz zuvor eine Nachricht schickt, dass sie losgeht. Verstehst du, was ich meine? Wieso hätte sie behaupten sollen, unterwegs zu sein, wenn die Affäre wieder köchelt oder sie einen neuen Mann kennengelernt hat? Es bringt ihr nur wenige Minuten Zeitgewinn, zu schreiben, sie sei auf dem Weg.«

»Stimmt.«

»Für mich klingt nur eine einzige Erklärung logisch. Dass sie auf dem Weg zur Bushaltestelle oder im Bus selbst den Mann wieder getroffen hat.«

Till dachte darüber nach. Bei Affären waren Frauen emotional oft tiefer verwickelt als der männliche Partner. Hatte sich Amelie im Herbst auf einen Patienten eingelassen, der damals nur sexuell an ihr interessiert gewesen war? Und hatte sie ihn ausgerechnet heute wiedergesehen und erfahren, dass er nun bereit für mehr sei?

Nicht ausgeschlossen, aber auch nicht hundertprozentig sicher.

»Du wirkst nicht überzeugt«, sagte Miriam.

»Der Zufall wäre schon sehr groß«, erwiderte er.

»Das stimmt. Wir wissen, sie liegt in keinem Krankenhaus. Also ist ihr entweder wirklich eine Zufallsbegegnung dazwischengekommen ...«

»... oder ihr ist etwas zugestoßen.«

Miriam nickte.

»Es ist so ärgerlich, dass du vorläufig nichts machen kannst.«

»Nicht ohne Anzeichen auf ein Verbrechen. Sie ist eine erwachsene Frau im vollen Besitz ihrer geistigen Kräfte.« Miriam breitete die Arme in einer hilflosen Geste aus.

9

21 Uhr 07

Amelie dachte an die Frau, die ihr schon länger durch den Kopf geisterte. Sie war gut mit ihr befreundet, ohne je eine enge Verbindung zueinander gehabt zu haben. Immerhin lebte sie allein, hatte weder Kinder noch ein sonderlich gutes Verhältnis zu den Eltern. Falls sich Amelie richtig erinnerte, wohnten die Eltern der Frau in Süddeutschland.

»Über wen denkst du nach?«, wollte der Entführer wissen.

Ihren Namen auszusprechen, käme vielleicht einem Todesurteil gleich. Amelie zögerte. Der Entführer zog die Augenbrauen hoch.

»Sofie«, sagte sie schließlich. »Sofie Klaiber.«

»Eine sehr enge Freundin?«

»Wir verstehen uns gut, haben uns aber seit ein paar Monaten nicht gesehen. In letzter Zeit telefonieren wir mehr oder schicken uns Sprachnachrichten. Wenn überhaupt.«

»Woran liegt's?«

Amelie wollte ihm nicht erzählen, wie sie Sofie letzten Oktober im Alsterhaus begegnet war. Sie zuckte die Achseln. »Manchmal passiert so was einfach.«

»Sofie Klaiber«, murmelte er. »Schauen wir mal, ob sie infrage kommt.« Aus dem Handschuhfach holte er ein Handy. »Als du bewusstlos warst, habe ich dein Whatsapp auf mein Telefon kopiert. Alle Nachrichten, die bis dahin eingegangen waren, sind jetzt auf meinem Gerät.« Er zeigte es ihr, um seine Behauptung zu bekräftigen. »So. Zunächst ihr Profilbild.«

Die Sekunden verstrichen. Schließlich nickte er. »Würde mir gefallen. Aber wichtiger ist ja euer Verhältnis zueinander. Ist sie hilfsbereit? Was schreibt ihr denn so?«

Einige Minuten verstrichen, in denen er offenbar ihre Nachrichten las. Kurz darauf erklang Sofies Stimme. Er hörte sich eine belanglose Mitteilung an.

»Hm«, brummte er. »Glaubst du wirklich, sie wird dir helfen?«

»Da gibt es was, das ich noch nicht gesagt habe«, erklärte sie. »Scheiße! Das ist mir peinlich.« Ihr blieb nichts anderes übrig.

»Ich bin gespannt!«

»Ich hatte im Herbst eine Affäre.« Amelie wich seinem Blick aus.

»Nein«, sagte er spöttisch. »Ich hätte dir fast einen Heiligenschein verliehen, und jetzt erfahre ich so etwas? Das schockiert mich. Aber was hat das mit Sofie zu tun? Hast du dich ihr anvertraut?«

»Wir sind uns zufällig im Alsterhaus begegnet, als ich mir neue Unterwäsche für Theo gekauft habe.«

Der Entführer klatschte mit gespielter Begeisterung in die Hände. »Jetzt ist mein Interesse geweckt. Du glaubst, sie hat damals die richtigen Schlüsse gezogen?«

Amelie nickte.

»Wann genau war das?«

»Im Oktober. Nach unserem Treffen hat sie mir eine scheinbar unverfängliche Nachricht geschickt. Da war das mit Theo schon schwierig. Weshalb ich nicht mit der Wahrheit rausgerückt bin.«

Er scrollte offenbar bis zu den Herbst-Chats zurück und überflog sie. »Herrje, wieso hast du das nicht gelöscht?«, fragte er. »Keine Angst gehabt, dass Leo ...« Plötzlich lachte er.

Sie schaute ihn verwundert an. »Was ist?«

»Leo. Theo. Witzig. Die Ähnlichkeit der Namen. Bist du nicht durcheinandergekommen?«

Amelie schüttelte den Kopf.

»Okay. Sofie kommt infrage. Alles klar. Du darfst sie kontaktieren. Ich muss nur eben dein Handy holen. Wir schalten es jetzt ein, denn du kannst ja kaum über eine fremde Nummer mit ihr telefonieren.«

10

21 Uhr 23

Sofie Klaiber öffnete ihren Kühlschrank und stellte die marinierte Hähnchenbrust hinein. Wenn sie morgen von der Arbeit nach Hause käme, könnte sie das Fleisch direkt anbraten und sich ein köstliches Thai-Curry zubereiten.

Im Wohnzimmer klingelte ihr Telefon. Sie warf die Kühlschranktür zu und wischte sich die Hände an den Hosenbeinen ab. Dann lief sie ins Wohnzimmer.

»Oh«, sagte sie nach einem Blick aufs Display. *Das könnte interessant werden.* »Amelie?«, meldete sie sich.

»Hi, Sofie. Störe ich? Lagst du schon im Bett?«

»Doch nicht um diese Uhrzeit. Was ist los? Du klingst betrübt.«

»Ach, Sofie. Es ist ... ich ... Erinnerst du dich an meinen Freund Leo?«

»Klar.« Sofie beschloss, vorerst nicht zu erwähnen, dass sie vor kaum einer Dreiviertelstunde mit Leo telefoniert hatte. »Was ist mit ihm?«

»Wir haben uns furchtbar gestritten. Das war heftig. Ich glaube, er hätte mich fast ...« Sie zögerte.

»... dich geschlagen?«, spekulierte Sofie.

»Ich weiß nicht. Keine Ahnung. Ich bin aus meiner Wohnung geflüchtet.«

»Ihr habt euch in deiner Wohnung gestritten?«

»Ja. Das war schrecklich. Tut mir leid, dass ich dich belästige. Aber ... ich, na ja, du weißt ja, damals im Alsterhaus. Erinnerst du dich?«

»Klar.« Sofie war verwirrt. Hatte Leo sie so überzeugend angelogen und den eskalierenden Streit verschwiegen? Was für ein mieser Zug von ihm. Der Gedanke wäre ihr zuvor niemals gekommen, denn er hatte wirklich besorgt geklungen.

»Ich hatte damals eine Affäre. Deswegen habe ich Unterwäsche eingekauft.«

»Für deinen Neuen?«

»Das war schnell wieder vorbei.« Sie seufzte. »Darüber am Telefon zu reden, ist irgendwie doof. Hast du Zeit für mich?«

»Klar. Komm vorbei. Ich bin hier. Du weißt ja, wo ich wohne.«

»Nein. Lieber nicht. Können wir uns draußen treffen? Es ist so schönes Wetter.«

»Draußen? Um diese Uhrzeit? Nicht dein Ernst. Wieso kommst du nicht zu mir?«

»Ich, ähm, keine ... na ja«, stammelte Amelie. »In deiner Wohnung würde mir nur die Decke auf den Kopf fallen.«

»Wo bist du?«

»Momentan? Äh, ich ... an der Alster. Nicht weit vom Cliff entfernt. Warum treffen wir uns nicht am Parkplatz Fährdamm? Ich würde da auf dich warten. Dann könnten wir spazieren gehen und quatschen. Das würde mir viel bedeuten.«

»Und wo willst du heute Nacht schlafen?«

»Natürlich zu Hause. Wieso?«

»Amelie, hast du keine Angst, dass Leo da auf dich wartet?«

»Nein. Das macht er nicht. Bestimmt ist er längst bei sich und wirft meine Sachen in den Müll.«

»Ist er nicht.«

»Woher willst du das wissen?«

»Er hat mich kontaktiert und behauptet, sich Sorgen zu machen, weil du nicht zu einer Verabredung gekommen wärst.«

»Kapier ich nicht.«

»Er hat von deinem Insta geschrieben. Vor einer Dreiviertelstunde war er noch bei dir.«

»Scheiße. Er hat dir geschrieben – und dann?«

Sofie erzählte ihr von dem Telefonat. »Ich hab's ihm voll abgenommen. Der kann gut lügen.«

»Oh ja«, bestätigte Amelie.

»Komm zu mir. Wenn's spät wird, pennst du auf meiner Couch.«

»Ich soll ihm kampflos meine Wohnung überlassen? Nein! Auf keinen Fall. Aber ich kann verstehen, wenn du dich nicht mit mir treffen willst. Blöde Geschichte. Hätte nie geglaubt, dass er dich anschreiben würde. Arschloch!«

»Da sagst du was.«

»Tut mir leid. Danke fürs Zuhören. Das hat schon gutgetan.«

»Stopp!« Sofie war viel zu neugierig, um die Sache abzubrechen. Sie wollte mehr erfahren. »Wenn's dir hilft, komm ich auch zu dir. Trotzdem sollten wir überlegen, ob du nicht besser bei mir schläfst. Der Parkplatz am Fährdamm?«

»Ja, genau.«

»Ich bin in dreißig Minuten da. Nicht abhauen, verstanden? Du kannst dich auf mich verlassen.«

»Danke. Das ist voll lieb. Bis gleich!«

Amelie trennte die Verbindung.

»Was für ein Arsch!«, fluchte Sofie. Sie war versucht, ihm die Meinung zu geigen. Aus dem Gesprächsverlauf suchte sie seine Nummer heraus und erstellte einen neuen Kontakt unter dem Namen *Leo Arschloch*. Dann schrieb sie ihm eine Nachricht.

Super, Leo! Mich hat gerade Amelie angerufen. Schön, dass du euren Streit nicht erwähnt hast. Hast du sie geschlagen und dich dafür geschämt? Zu Recht! Wie kann man nur? Lass mich bloß zukünftig in Ruhe. Von mir erfährst du nichts mehr.

Ihr Finger schwebte über dem Sende-Symbol. Bestimmt würde er sie sofort anrufen und sich rechtfertigen. Dazu fehlte ihr die Zeit. Sie löschte die Nachricht.

11

Der Entführer nahm Amelie das Telefon wieder weg und schaltete es aus.

»Das war gut«, lobte er sie. »Du hast deine Rolle überzeugend gespielt.«

»Wäre es nicht besser, das Handy angeschaltet zu lassen?«, fragte sie leise. »Was, wenn sie noch mal anruft oder eine Nachricht schickt, dass sie sich verspätet? Oder es sich anders überlegt?«

»Dann wird sie glauben, du hättest es aus Angst vor Leo ausgeschaltet. Das passt schon. Ist ja auch irgendwie so. Warum klingst du so traurig?«

Sie wich seinem Blick aus. »Das wissen Sie genau.«

»Schreckliche Gewissensbisse.« Er kicherte. »Das zeigt, dass du nicht komplett verdorben bist. Deutet auf einen guten Charakter hin.«

Sie schaute ihn wütend an. »Ich habe gerade eine Freundin verraten.«

Er nickte. »Ja, das ist nicht von der Hand zu weisen. Ich kann verstehen, warum dich das belastet. Aber du musst eins bedenken. Gegen zehn Uhr bist du frei und Sofie in meiner Gewalt. Ihr bleiben zwanzig Stunden, um die richtigen Entscheidungen zu treffen. Wenn sie am Ende sterben sollte, ist das vor allem ihre Schuld, weil sie sich nicht durchringen konnte, so mutig zu sein wie du.«

»Oder so feige«, wisperte sie.

»Feige? Du bist alles andere als das. Du gibst den Bullen zwanzig Stunden Zeit, mich zu finden. Mehr hatten sie noch nie. Das erhöht für mich das Risiko kolossal. Gleichzeitig potenziert es den Reiz dieses Spiels.« Er schaute auf seine Uhr. »Wir sollten los. Nicht, dass wir zu spät kommen.«

»Und wenn ich Sie bitte, mich nicht auszutauschen? Das Ganze rückgängig zu machen?«

»Den Wunsch kann ich dir leider nicht erfüllen.«

»Bitte!«, flehte sie.

»Vergiss es! Dann kommt sie zum Parkplatz, trifft dich nicht an und geht zu den Bullen. Wenn sich auch dein Freund bei ihnen gemeldet hat, wovon ich ausgehe, werden sie langsam misstrauisch. Und vielleicht sogar nach dir suchen, obwohl du erst ein paar Stunden verschwunden bist. Schlag's dir aus dem Kopf.«

Sie schluchzte. Tränen liefen ihr übers Gesicht.

Er verdrehte die Augen. »Was soll das jetzt?«

»Tut mir leid«, flüsterte sie.

»Hör sofort auf!«

»Ich kann nicht.« Sie schluchzte erneut. »Sofie darf nicht meinetwegen ...«

»Maul halten!«

»Entschuldigung«, wisperte sie.

Er schaute das Häufchen Elend an und schüttelte den Kopf. Was hatte sie geglaubt, wie es sich anfühlen würde, eine Freundin in die Falle zu locken? War sie so naiv, dass sie gehofft hatte, es würde sie emotional nicht berühren? »Weiß Sofie, welchen Wagen du fährst?«

Verständnislos und mit tränenverschleierten Augen sah sie ihn an. »Was?«, fragte sie.

»Weiß sie, welchen Wagen du fährst?«, wiederholte er ungeduldig.

»Wer?«

»Sofie! Mein Gott, reiß dich zusammen.«

Amelies Schultern bebten. Erneut schaute er auf die Uhr.

»Scheiße!«, fluchte er. »Hör mir genau zu. Du wirst einen sehr teuren Preis bezahlen, wenn gleich etwas schiefgeht. Läuft auch nur eine Kleinigkeit nicht so, wie ich mir das vorstelle, erschieße ich euch beide auf dem Parkplatz. Dann habe ich zwar nicht viel Spaß gehabt, mich aber wenigstens an dir und deiner Freundin gerächt. Hast du das verstanden?«

»Ja«, sagte sie leise.

»Wenn du ihr eine Warnung zurufst, töte ich erst dich und dann sie. Kapiert?«

»Ja.«

Er warf ihr einen abfälligen Blick zu. »Wie du aussiehst. So verheult! Ekelhaft. Krieg dich ein.« Er wandte sich von ihr ab und kletterte hinters Steuer. In das Navigationssystem gab er die Adresse ein, obwohl er glaubte, den Parkplatz auch ohne Hilfe zu finden. Er hatte sich tagelang in Hamburg umgesehen und war die Straßen abgefahren. Gute Vorbereitung war für ihn alles. Er startete den Motor und legte den Sicherheitsgurt an. Wegen eines Anfängerfehlers würde er sich nicht erwischen lassen. Dann schaltete er Rockmusik ein, drosselte jedoch die Lautstärke. Solang Amelie nicht wieder um Hilfe schrie, gab es keinen Grund für laute Musik.

Er legte den Rückwärtsgang ein und wendete vorsichtig. Die ersten Meter ging es über eine unbefestigte Strecke. Der Lieferwagen ruckelte. Er warf einen Blick auf das Navi.

Hoffentlich käme Sofie nicht deutlich zu früh am Parkplatz an, denn dann wäre sie vor ihnen da.

»Sie kennt es nicht«, erklang Amelies Stimme.

Er drehte die Musik leiser. »Was?«

»Sofie kennt mein Auto nicht.«

Er lächelte zufrieden.

12

21 Uhr 55

Er setzte den Blinker und bog langsam auf den Parkplatz ab. Auf den letzten Metern war ihnen nur ein Wagen entgegengekommen – ein gutes Zeichen. Mehr als die Hälfte der Stellplätze war frei. Auf der linken Seite stand ein roter Mini mit Hamburger Kennzeichen. Das Fahrzeug würde zu Amelie passen. Der Parkplatz rechts davon war nicht besetzt. Er steuerte ihn an, schaltete den Motor ab und zog die Handbremse.

»Kennst du ihren Wagen?«, fragte er.

»Nein. Sie hatte früher einen Corsa. Weiß nicht, ob sie ihn noch fährt.«

Da niemand an einem Fahrzeug wartete, schien Sofie noch nicht vor Ort zu sein.

»Sieht alles gut aus. Beeilen wir uns, damit wir schon draußen sind, ehe sie eintrifft.«

»Ich auch?« Amelie klang überrascht.

»Was hast du denn gedacht?« Er öffnete das Handschuhfach und holte eine Pistole heraus. Dann kletterte er zu ihr nach hinten. Er steckte sich die Waffe in den Hosenbund, die von seiner dünnen Jacke verdeckt wurde. »Ich verstehe, dass du glaubst, deine beste Chance liegt in der Flucht. Während wir am Wagen warten, kann ich dich nicht fesseln. Das wäre zu auffällig. Falls du wegrennst, schieße ich dir einfach in den Rücken. Bestenfalls überlebst du querschnittsgelähmt, aber wahrscheinlich stirbst du im Dreck. Lass den Gedanken an Flucht nicht zu. Deine einzige Chance ist der Austausch. Natürlich will Sofie gleich wissen, wer ich bin. Du behauptest, ich bin der wahre Grund, warum du dich mit ihr an der Alster treffen wolltest. Kapiert?«

Sie nickte. »Wie soll ich Sie nennen?«

»Gute Frage. Sehe ich Theo ein bisschen ähnlich?«

»Nein.«

»Schade. Dann bin ich ... Christopher. Ich schließe jetzt die Handschellen auf. In wenigen Minuten ist es für dich vorbei.«

Er löste die Handschellen aus der Verankerung und führte ihre Arme vorsichtig nach vorn. Mit dem kleinen Schlüssel öffnete er sie und nahm sie ihr ab. Sofort rieb sie sich die Gelenke.

»Wisch dir übers Gesicht. Man sieht noch Tränen.«

»Tschuldigung.« Rasch führte sie seinen Befehl aus.

»So ist es besser. Wir gehen jetzt nach draußen. Bereit?«

»Ja.«

Er half ihr hoch und öffnete die hintere Tür. »Ich zuerst. Warte!« Er trat hinaus und schaute sich um. Noch immer war niemand zu sehen. »Komm!«

Sie packte seinen Arm und verließ den Wagen. Er dirigierte sie zum Kofferraum des roten Minis.

»Herrliche Luft. Riecht das für dich nicht schon nach Freiheit?«

Sie erwiderte nichts.

»Jetzt kommt ein kritischer Moment. Ich lasse dich los, weil ich ein Begrüßungstuch für Sofie vorbereiten muss. Mach keinen Quatsch. Das wäre dumm, so kurz vor dem Ziel.« Er ließ sie los. Aus einer Jackentasche zog er ein weißes Tuch und eine kleine Flasche. »Das Tuch hat mir bei dir gute Dienste erwiesen, aber das Chloroform hat sich mittlerweile verflüchtigt.« Er drehte die Flasche auf und schüttete die Flüssigkeit auf den Baumwollstoff. Instinktiv lehnte sie sich zurück. »Keine Sorge. Dir passiert nichts.« Er schraubte den Verschluss wieder zu und packte beides in die Jackentasche.

In diesem Augenblick fuhr ein gelber Corsa auf den Parkplatz.

»Lächeln und eine Hand zum Gruß heben«, sagte er mit zusammengekniffenen Lippen. »Die Freiheit ruft.«

Amelie gehorchte.

13

Sofie erblickte Amelie zusammen mit einem Fremden. Die beiden standen nah beieinander an einem roten Mini. War das der Wagen des Mannes, oder hatte sich Amelie in den letzten Monaten ein neues Auto gegönnt?

Sie ließ zweimal das Fernlicht aufblinken. Ihre Gedanken stellten die wildesten Spekulationen an. Hatte Amelie vorhin am Telefon ein bisschen geschwindelt? War dieser Typ der Auslöser für den Streit mit Leo? Aber wieso wollte sie mit einer Freundin quatschen, wenn sie einen neuen Kerl kennengelernt hatte? Gerade zu Beginn einer Beziehung hatte man normalerweise nur eine einzige Beschäftigung. Außerdem wirkte Amelie angespannt. Das war mysteriös und aufregend zugleich! Für guten Tratsch war Sofie immer zu haben.

Zwei Stellplätze von dem Mini entfernt parkte sie ein. Sie war gespannt auf das, was ihr Amelie erzählen würde. Sofie schaltete den Motor aus und schnallte sich ab. Sie griff nach ihrer Handtasche und stieg aus.

»Hey«, sagte sie. »Ist das dein Wagen? Seit wann hast du ihn?«

14

Oh nein!, dachte Amelie. Wieso sprach Sofie bloß den Wagen an? Sie hatte aus einem Impuls heraus ihren Entführer angelogen. Ohne darüber nachzudenken. Müsste sie nun dafür bezahlen?

»Den habe ich mir im März gegönnt«, behauptete sie. »Der Alte war fast nur noch in der Werkstatt.«

»Ja, wenn die in die Jahre kommen, ist das immer ärgerlich.«

Würde der Mistkerl die Waffe ziehen und sie beide erschießen? Am liebsten hätte sie Sofie geraten, abzuhauen, doch sie schaffte es, ruhig zu bleiben.

»Hi«, sagte der Entführer.

Er klang völlig entspannt. Sofie kam um das Heck ihres Fahrzeugs herum auf sie zu.

»Danke, dass du gekommen bist«, murmelte Amelie. »Am Telefon fiel es mir so schwer, dir den wahren Grund zu nennen, warum Leo ausrastet. Außerdem brauche ich dringend deine Hilfe. *Wir* brauchen deine Hilfe.« Sie lachte unsicher. »Sofie, darf ich dir Christopher vorstellen? Christopher, das ist meine Freundin Sofie, von der ich dir so viel erzählt hab.«

»Oh ja. Hast du. Freut mich, dich kennenzulernen.« Er trat einen Schritt vor und hielt ihr die Hand entgegen.

»Hey, nett deine Bekanntschaft zu machen.« Auch sie reichte ihm die Hand.

Als sie sich berührten, zog er sie sofort an sich. Erschrocken quiekte Sofie auf. Er zog das getränkte Tuch aus der Jackentasche.

Amelie stürzte davon. Trotz aller Versprechungen glaubte sie nicht an ein gutes Ende für sich. Er würde sie nicht laufen lassen. Das war viel zu gefährlich für ihn. Entweder würde er sie beide gefangen halten oder seine erste Geisel einfach töten.

Beinahe wäre sie gestolpert und musste sich an einem Auto abstützen. Hinter sich hörte sie ihn vor Anstrengung aufstöhnen. Sie rannte weiter. Würde sie gleich eine Pistolenkugel treffen und nach vorn schleudern? Wäre das das Letzte, was sie zu spüren bekäme?

»Hilfe!«, schrie sie.

15

Das durfte einfach nicht wahr sein! Diese verdammte Schlampe. Wie konnte sie es wagen!

Sofie zappelte noch immer mit den Beinen und versuchte, sich zu befreien. Kraftlos schlug sie nach hinten aus, ohne ihn zu verletzen. Er hielt sie fest an sich gedrückt, wofür er beide Hände brauchte. So konnte er nicht die Pistole ziehen und Amelie in den Rücken schießen.

»Miststück!«, zischte er.

Amelie schrie um Hilfe und rannte fort. Wenn nun zufällig Passanten vorbeikämen, wäre es um ihn geschehen. Trotz der Waffe würde er es nicht gleichzeitig mit mehreren Leuten aufnehmen.

Endlich ließ Sofies Gegenwehr nach. Sie sackte zusammen. Sollte er sie einfach liegen lassen und Amelie verfolgen? Oder war es besser, mit der neuen Geisel zu verschwinden, solang die Gelegenheit bestand? Amelies Vorsprung erschien ihm bereits zu groß. Er zog Sofie zum weißen Transporter. Mit der Hand tastete er nach dem Griff der Lieferwagentür. Er öffnete sie und schaute sich hektisch um. Von Amelie war nichts mehr zu sehen. Die

Zeit tickte unerbittlich. Er musste den Parkplatz und den gesamten Stadtteil schnellstmöglich verlassen. Über alles Weitere könnte er später nachdenken.

Er hob Sofie an, die zum Glück keine sechzig Kilo wog, und schob sie auf die Ladefläche. Dann stieg er in den Wagen und schloss von innen die Türen. Rasch zog er seine Gefangene bis an den Rand, legte ihr Handschellen um und befestigte sie am Haken. Die Zeit, sie nach dem Handy abzutasten, blieb ihm nicht. Er würde unterwegs anhalten und ihr Telefon an sich nehmen. Aber vorläufig gab es Wichtigeres zu erledigen. Er prüfte den Sitz der Fesseln und kletterte dann hinters Steuer. Hektisch drehte er den Schlüssel. Der Motor heulte auf, startete jedoch nicht.

»Oh nein!«, zischte er. »Nicht jetzt!«

Er zwang sich, ruhig zu bleiben. Erneut drehte er den Schlüssel, langsamer als zuvor. Endlich sprang der Wagen an. Er legte den Rückwärtsgang ein.

Hatte sich Amelie das Kennzeichen des Autos gemerkt? Ihm war nicht aufgefallen, ob sie einen Blick darauf geworfen hatte, aber leider hielt er das für ziemlich wahrscheinlich. An ihrer Stelle hätte er genau das getan. Oder konnte sie den Bullen bloß von einem weißen Lieferwagen berichten?

Er parkte rückwärts aus und legte den ersten Gang ein. Aus dem Augenwinkel bemerkte er eine Bewegung. Sein Kopf fuhr herum. Ein Paar näherte sich Arm in Arm dem Parkplatz. Offenbar hatten sie das schöne Wetter für einen romantischen Spaziergang genutzt. Zum Glück waren sie nicht zwei Minuten eher zurückgekehrt. Außerdem schienen sie keine Augen für ihre Umgebung zu haben. Um ihnen nicht in Erinnerung zu bleiben, fuhr er langsam los. An der Straße hielt er an und schaute in beide Richtungen. Wenn er Amelie entdecken würde, könnte er versuchen, sie aus dem fahrenden Wagen heraus niederzuschießen. Doch von ihr fehlte jede Spur. Entweder versteckte sie sich irgendwo im Gebüsch oder hatte bereits eine angrenzende Seitenstraße erreicht. Es war hoffnungslos. Sie hatte seine Pläne durchkreuzt. Zwar hatte er nie vorgehabt, sie zu töten, allerdings hätte er sie ein weiteres Mal mit Chloroform betäubt und dann einfach liegen gelassen. Das hätte ihm einen wertvollen Vorsprung verschafft. Stattdessen musste er nun bangen und auf das Beste hoffen. Er bog nach rechts ab und beschleunigte.

16

Amelie rannte vom Harvestehuder Weg in die Milchstraße. Sie japste nach Luft, und ihre Beine schienen sie kaum noch tragen zu wollen. Ihr war seit dem Parkplatz niemand entgegengekommen. Keine Hundebesitzer auf der letzten Gassirunde des Tages, nicht einmal ein Autofahrer. Wie konnte das sein? War die Macht des Entführers so groß?

Noch ein bisschen, trieb sie sich an. *In den Restaurants sitzen bestimmt Menschen. So spät ist es noch nicht.*

Heftige Seitenstiche traktieren sie. Amelie warf einen Blick über die Schulter. Von dem Entführer war nichts zu sehen. Sie erreichte das Gelände der Hochschule für Musik und Theater, das ebenfalls wie ausgestorben war. Amelie schleppte sich an den kleinen, geschlossenen Geschäften vorbei und hörte endlich Stimmen. In dem italienischen Restaurant nur wenige Meter vor ihr saßen Menschen auf der Außenterrasse und genossen das frühsommerliche Wetter.

Mit letzter Kraft schaffte sie es dorthin.

»Hilfe!«, japste sie. »Hilfe!«

Schwer atmend blieb sie stehen und stützte sich an einer Außenmauer ab. Die ersten Gäste schauten zu ihr – unsicher, was ihr Auftauchen zu bedeuten hatte.

»Hilfe!«

Sie setzte einen Fuß vor den anderen und stieg die wenigen Stufen zu der Terrasse hoch. Ein Kellner kam zu ihr. Ihr wurde schwarz vor Augen. Der Mann stützte sie ab.

»Signora, was ist mit Ihnen?«, fragte er besorgt.

»Setzen. Wasser.« Ihre Stimme war kaum zu hören.

Er führte sie zu einem leeren Tisch und half ihr, sich hinzusetzen.

»Ich bringe Ihnen Wasser«, sagte er und verschwand aus ihrem Blickfeld.

Am liebsten hätte sie ihn zurückgehalten, denn er musste die Polizei alarmieren. Doch dafür war sie zu schwach. Sie war noch zu sehr außer Atem, um richtig sprechen zu können. Tränen der Erleichterung liefen ihr über die Wangen. Sie war ihrem Peiniger entkommen.

Ein weiblicher Gast setzte sich zu ihr. »Sind Sie überfallen worden?«, fragte sie leise.

Amelie nickte.

»Hat er Sie verge…«

»Nein!« Sie atmete tief ein. »Wir müssen die Polizei alarmieren. Er hat jemanden in seiner Gewalt. Meine Freundin Sofie.«

Der Kellner kehrte mit einem gefüllten Glas zurück. Ihre letzten Worte hatte er offenbar vernommen, denn er riss die Augen auf. Amelie nahm ihm das Wasser mit zittrigen Händen ab. Sie verschüttete ein bisschen Flüssigkeit, dann lief das kühle Nass endlich über ihren Gaumen.

»Ich hole ein Telefon«, sagte der Kellner.

»Beeilen Sie sich!«, bat der weibliche Gast.

Amelie verschluckte sich und hustete. Die Frau nahm

ihr das Glas ab und strich ihr behutsam über den Rücken. Mit einem Telefon in der Hand kehrte der Kellner zurück.

»Notruf?«, fragte er.

Amelie nickte.

Er wählte die Nummer und wartete. Kurz darauf nannte er seinen Namen und das Restaurant und erklärte dem Gesprächspartner, was passiert war. Dann reichte er das Telefon weiter. Amelie nahm es entgegen.

»Hallo«, sagte sie, und der Beamte am Telefon nannte ihr seinen Namen. »Ich bin Amelie Rorig. Mich hat vor ein paar Stunden ein unbekannter Mann entführt und in seinem Lieferwagen verschleppt. Ich bin ihm gerade auf dem Alsterparkplatz am Fährdamm entkommen. Aber er hat jetzt meine Freundin Sofie in seiner Gewalt.«

»Ich schicke sofort einen Streifenwagen zu dem Restaurant«, versprach der Beamte. »Die sind in wenigen Minuten bei Ihnen. Glauben Sie, dass der Lieferwagen noch auf dem Parkplatz steht?«

»Das kann ich mir nicht vorstellen.«

»Haben Sie einen Blick aufs Kennzeichen werfen können?«

»Nein. Tut mir leid. Ich weiß nur, es war ein weißer Transporter.«

»Welche Marke?«

Sie dachte darüber nach. Als sie zu keinem Ergebnis kam, brach sie erneut in Tränen aus. »Ich weiß es nicht«, schluchzte sie.

»Das macht nichts«, beruhigte der Beamte sie. »Die Kollegen sind in wenigen Minuten bei Ihnen. Bitte verlassen Sie nicht das Restaurant.«

»Versprochen. Danke.« Sie beendete das Gespräch.

Der Kellner und der weibliche Gast sahen sie mitleidsvoll an.

»Ist die Polizei unterwegs?«, fragte die Frau.

Amelie nickte. »Darf ich noch jemanden anrufen? Mein Freund ist bestimmt wahnsinnig vor Angst. Wir waren verabredet, aber ...«

»Na klar«, sagte der Kellner. »Rufen Sie ihn an.«

17

Leos Handy klingelte. Für einen Moment hoffte er, Amelies Namen auf dem Display zu lesen, stattdessen sah er jedoch eine Hamburger Festnetznummer.

»Hallo?«, meldete er sich.

»Leo! Gott sei Dank.«

»Amelie! Wo bist du? Geht's dir gut?«

»Nein«, jammerte sie. »Ich ... er ... ich.« Ihr Stammeln ging in ein Schluchzen über.

»Amelie!«

»Mich hat jemand entführt«, brachte sie schluchzend heraus.

»Was?«

Sie zog geräuschvoll die Nase hoch. »Ich konnte mich befreien.«

»Wo bist du?«

»Milchstraße. Im Restaurant Anna Sgroi. Die Polizei weiß Bescheid.«

»Und dir geht's gut?«

»Ja, aber es ist so schrecklich, Leo.«

»Hat er dir etwas angetan?«

»Er hat Sofie in seiner Gewalt.«

Bei dem Namen fuhr ihm ein Schreck in die Knochen. »Welche Sofie?«

»Klaiber. Er ... oh Gott, ich kann das nicht aussprechen. Es ist so furchtbar.«

Wieso war dem Entführer ausgerechnet die Freundin in die Hände gefallen, mit der er heute telefoniert hatte? Konnte das überhaupt sein, oder spann sich Amelie etwas zurecht?

»Bist du noch dran?«, fragte sie.

»Klar. Ich hab versucht, mich an Sofie zu erinnern«, behauptete er.

»Kannst du mich abholen? Bitte!«

»Natürlich. Ich mache mich direkt auf den Weg.«

»Ich liebe dich«, sagte sie leise.

»Ich dich auch. Bis gleich.« Er beendete das Telefonat. Sofort kam ihm in den Sinn, Till anzurufen. Sein Freund musste von der neuesten Entwicklung erfahren. Außerdem wohnte er nicht weit von der Milchstraße entfernt. Wahrscheinlich wären Till und Miriam noch vor ihm im Restaurant. Er suchte aus den Kontakten die Nummer heraus und baute die Verbindung auf.

18

Till nahm das klingelnde Telefon in die Hand. »Das ist Leo«, erklärte er Miriam und schaltete den Lautsprecher ein. »Hey«, begrüßte er seinen Freund.

»Amelie hat angerufen«, sagte Leo.

»Geht's ihr gut?«, fragte Till.

Leo berichtete, was er gerade erfahren hatte. »Sie sitzt im Anna Sgroi auf der Milchstraße. Könntet ihr da hingehen? Ihr wärt bestimmt vor mir da. Aber erzählt ihr bitte nicht, dass ich erst vor Stunden mit Sofie telefoniert habe. Das muss ich ihr selbst sagen. Ich kapier's einfach nicht.«

»Machen wir«, antwortete Miriam. »Wenn Amelie entführt worden ist, kann ich versuchen, die Ermittlungen zu übernehmen. Würde uns ein bisschen Zeit ersparen.«

»Das klingt super! Ich fahre jetzt los!«

»Und wir laufen hin«, stellte Till fest. »Wir treffen uns dort. Bis gleich!«

Als sie am Restaurant ankamen, stand ein Streifenwagen vor dem Eingang. Eine Schutzpolizistin hatte sich etwas abseits von den Gästen mit Amelie hingesetzt. Ihr männlicher Kollege war in ein Gespräch mit einem Kellner vertieft. Miriam betrat die Terrasse und zeigte ihren Dienstausweis.

»Hallo, Amelie«, sagte Till. »Ich bin Till Buchinger. Leos Freund. Wir waren heute verabredet. Leo hat uns gerade eben angerufen.«

»Oh Gott. Und du bist Miriam?«, fragte sie.

Die nickte. »Ich unterhalte mich kurz mit meinen Kollegen. Dann reden wir.«

Till nahm den Platz der Schutzpolizistin ein. »Geht's dir gut?«, erkundigte er sich.

»Einigermaßen. Das war alles ... oh Gott. Ich musste ... habe ... meine Freundin Sofie. Sie ist in seiner Gewalt. Wir müssen sie retten. Sonst tötet er sie morgen um achtzehn Uhr.«

»Morgen um achtzehn Uhr?«, wiederholte Till.

»Ja, da endet das Spiel.«

Miriam setzte sich zu ihnen, bevor Till nachhaken konnte.

»Die Kollegen haben nichts dagegen, dass ich die Verantwortung übernehme. Sie bleiben erst mal zum Schutz hier. Hallo, Amelie. Endlich lernen wir uns kennen.« Die Frauen schüttelten sich die Hände. »Kannst du mir erzählen, was passiert ist?«

Stockend berichtete Amelie, wie sie von einem Mann an der eigenen Haustür abgefangen, betäubt und in einem Lieferwagen davongefahren wurde.

»Konntest du das Kennzeichen entziffern?«, fragte Miriam.

»Nein. Ich weiß auch nicht, welche Marke. VW? Keine Ahnung! Ich komme mir so dumm vor.«

»Das ist bloß der Situation geschuldet und macht nichts. Erzähl bitte mehr.«

Sie kam jedoch nicht weit, denn kurz darauf traf Leo ein. Er parkte direkt hinter dem Streifenwagen, sprang aus dem Auto und rannte auf die Terrasse zu.

»Amelie!«, schrie er.

»Leo!« Sie erhob sich und ging ein paar Schritte auf ihn zu. Die beiden umarmten und küssten sich. Sie hatten Tränen in den Augen.

Miriam gab Till ein Zeichen, das er sofort verstand. Er sollte sich um seinen Freund kümmern, damit Amelie auch den Rest der Geschichte erzählen würde. Till nickte und stand auf.

Eine Viertelstunde später gingen sie gemeinsam zu dem Parkplatz an der Alster. Der Streifenwagen fuhr vor ihnen her. Amelie erzählte erneut die Geschichte ihrer Flucht, die jedoch nicht viel hergab. Weder war ihr jemand entgegengekommen, noch wusste sie, wie lange ihr Entführer vor Ort geblieben war. Sie erreichten den Parkplatz, und Amelie zeigte sofort auf Sofies Auto.

»Das ist ihr Wagen«, sagte sie. Nicht zum ersten Mal brach sie in Tränen aus. »Ich hab sie verraten. Meinetwegen tötet er sie.«

Leo nahm sie in den Arm. »Vielleicht ist das auch meine Schuld«, murmelte er.

»Wieso das?«, fragte sie verständnislos.

Leo schaute zu Till, der ihm unmerklich zunickte.

»Als ich nicht wusste, wie ich dich finden soll, habe ich mit ihr telefoniert. Ich habe sie und einige deiner Freundinnen über Instagram kontaktiert. Wollte wissen, ob sie etwas von dir gehört haben. Vielleicht wäre sie ohne unseren Kontakt gar nicht gekommen.«

»Worüber habt ihr gesprochen?«, fragte Amelie.

»Ob sie wüsste, wo du steckst.«

»Sonst nichts?«

»Nein.«

Till ließ sich nicht anmerken, dass Leo nicht die ganze Wahrheit erzählte. Amelie jetzt auf eine Affäre im letzten Herbst anzusprechen, wäre der falsche Zeitpunkt.

»Wann war das?«, hakte Amelie nach.

»Gegen Viertel vor neun.«

»Wieso hat sie das nicht erwähnt?«

»Wahrscheinlich hat sie geahnt, dass etwas nicht stimmen kann«, spekulierte Till. »Aber Leo, mach dir keine Vorwürfe. So wie ich das einschätze, wäre Sofie auch ohne eure Kontaktaufnahme hergekommen. Freundinnen tun das füreinander.«

»Hoffentlich.«

Till hielt nach Miriam Ausschau, die ein paar Meter entfernt stand und telefonierte. Als sie das Gespräch beendet hatte, nickte sie ihm zu.

»Ich bin gleich wieder bei euch«, sagte er.

Bei Miriam angekommen, wandten sie Amelie und Leo die Rücken zu.

»Was ist los?«, fragte Till.

»Ich habe gerade mit Bastian telefoniert. Wir hatten vor rund anderthalb Jahren mal Kontakt zu einer bundesweit ermittelnden Behörde. Die KEG aus Wiesbaden. Damals ging es um Morde, in die der Comedian Matze Birker verstrickt zu sein schien. Erinnerst du dich?«

Till nickte. »Dunkel.«

»Die Wiesbadener sind vor allem zuständig, wenn sich Schwerverbrechen in verschiedenen Bundesländern zutragen. Deswegen haben sie damals die Ermittlungen übernommen und den Fall mit unserer Hilfe gelöst. Seitdem verfolgen Bastian und ich in den Datenbanken des LKA die Fälle, auf die die KEG aufmerksam macht. Amelie hat

Bochum und München erwähnt. Ich glaube, davon in einer KEG-Anfrage gelesen zu haben.«

»Das heißt? Ist ihr Entführer ein Serienmörder?«

»Nicht ausgeschlossen. Bastian fährt ins Präsidium und überprüft das. Ich will zu Klaiber. Mir Zutritt zu ihrer Wohnung verschaffen. Ich kontaktiere einen Schlüsseldienst. Vorläufig wäre es mir recht, wenn du mich begleitest. Aber ich kann dir nicht versprechen, ob du die ganze Zeit involviert bleiben darfst. Nimm mir das nicht krumm.«

19

23 Uhr 03

Bastian Dorfer nickte anerkennend. Miriam hatte wieder einmal ein verdammt gutes Gedächtnis bewiesen. So ungern er es zugab, aber in solchen Dingen war sie besser als er.

Er griff zum Telefon und wählte ihre Nummer. Nach kurzem Freizeichen meldete sie sich.

»Du hattest recht«, begrüßte er sie. »Die KEG ermittelt in Fällen, in denen Frauen von ihren Freundinnen angerufen und in eine Art Falle gelockt wurden. Es gab bisher zwei Tote. Eine gewisse Bianca Kröger in Bochum und eine Noreen Sonntag in München. Wo bist du?«

»Zusammen mit Till in der Wohnung der verschwunden Sofie Klaiber. Das ist übel, Bastian. In knapp neunzehn Stunden tötet er die nächste Frau. Wir haben Zugriff auf ihren Computer. Der war nicht passwortgeschützt. Bislang gibt das allerdings nichts her. Außerdem hat ja nicht der

Mörder sie ausgesucht, sondern sein erstes Entführungsopfer.« Sie seufzte. »Was jetzt?«

»Wir sollten Drosten von der KEG Bescheid geben. Je schneller, desto besser«, meinte Bastian.

»Ganz deiner Meinung. Fragt sich bloß, ob wir das direkt erledigen oder unsere Vorgesetzten involvieren. Vielleicht sogar den Polizeipräsidenten.«

»Wenn wir das tun, erfährt die KEG frühestens morgen davon. Du weißt, wie lahm das alles läuft.«

»Und falls wir das selbst in die Hand nehmen, dürfen wir uns auf wenig Begeisterung gefasst machen, weil sich die hohen Herren übergangen fühlen«, sagte Miriam.

Bastian brummte zustimmend. »Also, streng nach Vorschrift oder den kurzen Dienstweg?«

»Ist das überhaupt eine Frage?«

»Für mich nicht. Kontaktierst du Drosten?«

»Wieso erledigst du das nicht vom Büro aus?«

»Mir kam es damals so vor, als hättet ihr den besseren Draht zueinander. Außerdem weißt du, wie's läuft. Manchmal ist es einfacher, wenn eine Kommissarin den Kommissar anruft. Frau-Mann-Kommunikation. Komm schon! Gib dir einen Ruck.«

»Oder willst du deine Hände bloß in Unschuld waschen, sollte unser Chef richtig sauer werden?«

»Also bitte! Was du mir wieder zutraust. Du kennst einfach mehr Details zu dem Fall. Ich breche hier im Büro auf und stoße zu euch. Okay?«

»Ich kann dein Grinsen hören. Sag mir die Nummer, du Feigling.«

20

Das Freizeichen erklang. Ob der Wiesbadener Hauptkommissar um diese Uhrzeit im Bett lag und schon tief schlief?

»Drosten«, meldete er sich rasch mit wacher Stimme.

»Hauptkommissarin Miriam Decking, LKA Hamburg.«

»Frau Decking! Glückwunsch zur Beförderung. Bei unserem letzten Kontakt waren Sie noch Oberkommissarin, oder irre ich mich?«

»Nein, das stimmt.« Sein Erinnerungsvermögen imponierte ihr.

»Warten Sie kurz. Ich gehe eben aus dem Schlafzimmer, um meine Frau nicht zu stören. Die liest gerade ein Buch und wirft mir einen bösen Blick zu.«

Also hatte er offenbar noch nicht geschlafen. Miriam vernahm ein paar gemurmelte Worte, dann hörte sie ein Rascheln.

»Jetzt bin ich für Sie da«, sagte Drosten. »Worum geht's?«

»Sie sind in einer Ermittlung in Bochum und München involviert.«

»Die Frauen, die von einem Unbekannten entführt werden und nur unbeschadet davonkommen, wenn sie sich gegen eine Freundin einlösen«, sagte er.

»Genau. Wir haben in Hamburg den dritten Fall.«

»Ist eine weitere Tote zu beklagen?«

»Nein. Die Frist läuft noch bis morgen Abend achtzehn Uhr.«

»Berichten Sie bitte kurz.«

Miriam erzählte, was in den letzten Stunden vorgefallen war und wieso sie von Beginn an involviert waren.

»Was für ein Glück. Das ist das erste Mal, dass sich die Chance ergibt, eine der Frauen zu retten. In Bochum hat die Polizei davon erfahren, als es schon zu spät war, und die Münchener haben sich dilettantisch angestellt. Danke für Ihren Anruf. Ich weiß das sehr zu schätzen.«

»Mein Partner und ich haben entschieden, Sie sofort zu kontaktieren. Ohne das an höhere Ebenen abzugeben. Ich hoffe, das ist okay.«

»Das ist perfekt. Ich überlege, wie wir am schnellsten nach Hamburg kommen können. Ich muss Verena und Lukas Bescheid geben, und dann brechen wir direkt auf. Vielleicht kann ich über das BKA einen Bereitschaftshubschrauber organisieren. Dadurch würden wir viel Zeit sparen.«

»Klappt das?«

»Ich schätze schon. Rechnen Sie in drei bis allerspätestens vier Stunden mit uns.«

»Fantastisch! Ich möchte kurz eine Idee mit Ihnen durchsprechen. Was halten Sie davon, wenn wir versuchen, die Freundinnen von Sofie Klaiber ausfindig zu machen, um sie vorzuwarnen? Gegebenenfalls könnten wir so sogar die nächste Frau auf der Liste gegen eine Polizistin austauschen, vorausgesetzt, wir erfahren es früh genug.«

»Das wäre perfekt. Sind Sie und Ihr Partner Dorfer gerade damit beschäftigt?«

»Genau. Außerdem könnte uns mein Lebensgefährte helfen. Till war derjenige, der die Verabredung vereinbart hatte. Er ist zwar kein Polizist, arbeitet allerdings als Personenfahnder. Wir haben bei Ermittlungen schon häufiger zusammengearbeitet. Auf ihn und seine Verschwiegenheit kann man sich hundertprozentig verlassen.«

»Aus meiner Sicht spricht nichts dagegen, ihn zu beteiligen. Bis wir vor Ort sind, können Sie wahrscheinlich jede Hilfe gebrauchen.«

»Stimmt!«

»Machen Sie sich übrigens keinen Kopf wegen des Dienstwegs. Ich leite an meinen Vorgesetzten weiter, dass er sich mit Ihrem Boss in Verbindung setzen soll. Mit so etwas verlieren wir jetzt keine Zeit. Ich melde mich bei Ihnen, sobald ich unsere Ankunftszeit abschätzen kann. Später als drei Uhr morgens sollte es nicht werden.«

Zufrieden beendete Miriam das Telefonat. Es war die richtige Entscheidung gewesen, nicht erst die Erlaubnis abzuwarten, eine andere Polizeibehörde ins Boot zu holen. Sie fasste für Till das Gespräch zusammen.

»Also müssen wir herausfinden, mit wem Sofie befreundet ist«, stellte er fest. »Ich kann mir ihre Profile in den sozialen Medien zur Brust nehmen.«

Es klingelte an der Haustür, bevor Miriam antworten konnte.

»Das ist bestimmt Bastian.« Sie ging zur Wohnungstür und drückte den Türsummer.

Ihr Partner polterte die Treppe hoch. »Hast du Drosten erreicht?«

»Sie sind quasi auf dem Weg zu uns. Falls er einen Hubschrauber organisiert bekommt, können wir schon in der Nacht mit ihnen rechnen.«

»Klingt gut.«

Miriam gab das Gespräch wieder.

»Okay, wenn sich Wiesbaden um die Einwilligung der Chefetage kümmert, wird uns wohl keiner den Kopf abreißen.« Er ging ins Wohnzimmer. »Hey, Till!«

Till sah kurz vom Computer auf. »Hi! Ich suche nach Namen von Klaibers Freundinnen.«

»Wie kann ich helfen?«

»Hier gar nicht, aber vielleicht könnt ihr einen Blick in ihre Schreibtischschubladen im Schlafzimmer werfen. Und in der Küche hat sie viele Magnete mit Zetteln an die Abzugshaube geheftet. Wer weiß, was ihr dort findet.«

»Das übernehme ich«, sagte Miriam.

»Und ich suche im Schlafzimmer. Let's go!«

21

23 Uhr 20

Auf dem unebenen Feldweg ruckelte der Lieferwagen wieder stark.

»Hilfe!«, ertönte es von hinten. »Polizei!«

»Jetzt halt endlich dein Maul!«, schrie er.

Die Betäubung hatte erfreulich lange angehalten. Er hatte unterwegs gestoppt, um ihr das Handy abzunehmen und das Chatprogramm auf sein eigenes Gerät zu überspielen. Kaum hatte er ihr Smartphone ausgeschaltet, hatte er sich besser gefühlt. Ebenfalls war erfreulich gewesen, dass er im Außenspiegel keine Verfolger entdeckt hatte. Trotzdem war er wütend. Vor allem auf Amelie. Sie hätte nicht weglaufen dürfen. Das hatte seinen Plan durchkreuzt. Und seit Sofie aufgewacht und ihre Lage realisiert hatte, brüllte sie sich die Seele aus dem Leib. Selbst von der lauten Rockmusik hatte sie sich nicht beeindrucken lassen. Genervt hatte er sie irgendwann wieder ausgeschaltet.

Er erreichte die verfallene Scheune, in der er den Wagen

unterstellte. Hier würden sie hoffentlich viele Stunden in Ruhe verbringen können. Der nächste Austausch kam für ihn frühestens am Vormittag infrage – selbst wenn Sofie auf Anhieb bereit wäre, sich gegen eine Freundin einzulösen.

Eine Nacht, in der er keine Maßnahmen ergreifen müsste, würde ihm jetzt guttun.

»Ich werde entführt! Hilfe!«

Wütend schaute er über die Schulter. »Sei endlich still! Hier ist niemand in der Nähe, der dich hört. Kapier das gefälligst!«

»Polizei!«

Seine Wut steigerte sich. In Bochum und München war alles reibungsloser verlaufen. Er zog den Schlüssel aus dem Schloss, kletterte nach hinten und starrte sie wütend an.

»Wenn du noch mal schreist, trete ich dir in deinen beschissenen Bauch, bis du dich übergibst!«

Verängstigt schaute sie ihn an, sagte jedoch nichts mehr. Er wartete, bis sie den Blick senkte.

»Hast du's kapiert?«

»Ja«, antwortete sie leise.

»Gut.« Er atmete tief durch und beruhigte sich langsam. »Du erfährst die ganze Wahrheit und wie du das hier unbeschadet überleben kannst. Das verspreche ich dir. Aber vorher muss ich mich vergewissern, dass die Luft rein ist. Dazu lasse ich dich ein paar Minuten allein. Hör mir genau zu. Obwohl es sinnlos ist, zu schreien, verbiete ich es dir. Kapiert? Wenn du um Hilfe brüllst, während ich weg bin, kriege ich das mit. Und dann gnade dir Gott. Du hast eine gute Chance, das alles ohne Schmerzen zu überstehen. Aber nicht, wenn du schreist. Verstanden?«

Sie nickte.

»Na also. Warum nicht gleich so? Das dauert jetzt ein paar Minuten.«

Er öffnete die hintere Fahrzeugtür und schaute hinaus.

Nichts erweckte sein Misstrauen. Er stieg aus, warf die Tür wieder zu und verriegelte das Fahrzeug. Der Ort war für sein Vorhaben einfach ideal. Ein ehemaliger Bauernhof, der vor gut einem Jahr aufgegeben worden war. Nach allem, was er im Internet herausgefunden hatte, war das Grundstück mittlerweile an die Stadt verkauft worden. In wenigen Monaten würden die Bagger anrollen, um die ersten Vorbereitungen für den Bau mehrerer Wohnhäuser zu treffen. Bis dahin interessierte sich hoffentlich niemand für das Gelände.

Er drückte sich die Hände auf die Leisten und legte den Kopf in den Nacken. Vorsichtig dehnte er seine verspannte Muskulatur. Dabei dachte er an Amelie. Bestimmt hatte sie mittlerweile bei den Bullen ausgesagt. Viel könnte sie denen nicht berichten. Falls sie einen Blick aufs Kennzeichen erhascht hatte, wäre das kein Problem, denn das Nummernschild hatte er am Nachmittag von einem anderen Fahrzeug gestohlen.

Er atmete die frühsommerliche Luft ein. Herrlich! Die Anspannung fiel von ihm ab, und er konnte endlich wieder das Machtgefühl genießen, das ihm die Entführungen verschafften.

Langsam folgte er der Strecke, die er gerade eben mit dem Wagen zurückgelegt hatte. Er würde bis zu der Zufahrt laufen und sich auf der Straße umsehen. Wenn es dort keine Anzeichen für einen Polizeieinsatz gab, war er in Sicherheit.

Er lauschte. Sofie schwieg. Sie schien seine Drohung ernst zu nehmen. Vielleicht würde das Ganze doch noch einen guten Verlauf nehmen, trotz der unerwarteten Schwierigkeiten, die ihm Amelie eingebrockt hatte. In aller Ruhe setzte er seinen Weg fort. Nach der Hälfte der Strecke blieb er erschrocken stehen. Er bemerkte Scheinwerfer, die sich seiner Position näherten. War das ein Polizeiwagen?

Fuck!

Was sollte er tun? Zur Scheune zurücklaufen, um eine Flucht zu riskieren oder wenigstens eine Geisel als Faustpfand in der Hand zu haben? Oder wäre es besser, sich flach auf den Boden zu werfen, um gleich unentdeckt zu Fuß fliehen zu können?

Der Wagen kam näher. Er würde es nicht mehr zurück zur Scheune schaffen. Also huschte er zur Seite und warf sich auf den Boden. Hoffentlich würden ihn die Insassen des Autos nicht bemerken.

Er hielt den Atem an. Der Motor wurde immer lauter. Er drückte sich flach auf die Erde. Konnte er es wagen, den Kopf etwas anzuheben, um nachzusehen, wer ihm gefolgt war? Vorsichtig blickte er auf. Das Auto fuhr keine zehn Meter entfernt an ihm vorbei.

»Scheiße«, murmelte er. »Was wollen die denn hier?«

Er tastete nach der Pistole in seiner Jackentasche.

22

Lara schaute aus dem Beifahrerfenster. Hatte sie gerade eine Bewegung wahrgenommen oder sich das bloß eingebildet? Außerhalb des Scheinwerferkegels war es zu finster, um etwas zu erkennen. Eigentlich war Dunkelheit für ihre Vorlieben ein großes Plus, aber hier fühlte sie sich seltsam unwohl. Sie war noch nie hier gewesen.

»Gleich sind wir da, mein Schatz«, sagte Björn. Seine rechte Hand lag auf ihrem Oberschenkel und streichelte sie. Mit der anderen steuerte er das Auto über den unebenen Weg.

»Ist es hier wirklich sicher?«, fragte sie nicht zum ersten Mal.

»Glaub mir. Ich habe den Ort vor ein paar Wochen entdeckt und mich informiert. In einigen Monaten starten die Grundstücksarbeiten. Die ziehen acht Mehrfamilienhäuser mit Eigentumswohnungen hoch. Bis zum Beginn der Arbeiten sind wir völlig ungestört. Das können wir bestimmt noch ein paar Mal wiederholen. Das ist besser als an einem Elbparkplatz, wo jederzeit ein Streifenwagen vorbeikommen könnte.«

»Ich weiß nicht. Hier ist es schon sehr einsam.«

»Umso besser für uns.«

»Nein. Ich mag den Kitzel, erwischt zu werden.« Sie kicherte.

»Kann natürlich auch passieren. Und trotzdem gefällt ...« Er bremste abrupt. »Was soll das denn? Verdammt!«

Rund einhundert Meter vor ihnen stand ein unbeleuchteter weißer Lieferwagen in der Scheune, die er als Parkplatz vorgesehen hatte.

»Ich glaub's nicht!«, zischte er.

»Schade«, sagte Lara, obwohl sie erleichtert war. Mit dem Ort stimmte etwas nicht.

»Wie kann man so asozial sein?«, fragte Björn. »Herrje! Die haben einen Lieferwagen ohne Fenster im Ladebereich. Die können sich überall hinstellen. Asis!«

»Reg dich bitte nicht so auf.«

»Ist doch wahr!«

»Lass uns wieder umdrehen und zur Elbe fahren. Wir kennen so coole Plätze. Zum Beispiel den, an dem wir vor zwei Wochen waren.«

»Warum? Wir stellen uns einfach neben den Transporter und bieten den beiden eine heiße Show, die sie erröten lässt. Du auf der Motorhaube und ich ...«

»Nein! Vergiss es. Da mache ich nicht mit.«

»Baby«, flehte er. »Das Grundstück ist riesig, und ich bin echt scharf auf dich. Zur Elbe brauchen wir mindestens eine Viertelstunde.«

»Mir egal.«

»Bei dem Wetter ist es heute am Fluss bestimmt voller als sonst.«

»Hier mache ich es nicht mit dir. Das kannst du vergessen. Entweder wir fahren zur Elbe oder schieben gleich eine Nummer im Bett. Auch wenn ich schon Lust auf outdoor hätte.«

Er warf ihr einen lüsternen Blick zu. »Und warum dann warten?«

Sie seufzte und starrte zum Lieferwagen.

23

Die beiden waren zu jung, um als verdeckte Ermittler tätig zu sein. Falls er sich nicht irrte, konnte das Mädchen kaum älter als zwanzig Jahre sein. Er ahnte, was sie hier zu suchen hatten, aber wie würden sie auf den weißen Lieferwagen reagieren? Aussteigen, um nach dem Rechten zu sehen? Oder einfach wenden und verschwinden?

Er erhob sich. Sollte er ihnen hinterherschleichen und sie hinterrücks erschießen, falls sie sich dem Wagen näherten? Oder würde er dadurch die Kontrolle über alles verlieren? Die Bullen würden die Jagd auf ihn intensivieren, wenn er zwei Unbeteiligte hinrichten würde. Er würde also ihren Tod verschleiern müssen.

In geduckter Haltung ging er ihnen hinterher. Dabei versuchte er, mit der Umgebung zu verschmelzen. Die Insassen durften ihn nicht in den Rückspiegeln sehen, sonst wäre sein größter Vorteil dahin. Mit einem Angriff aus dem Hinterhalt würden sie nicht rechnen. Zuerst müsste er den Mann erschießen. Bei der Frau könnte er sich überlegen, sie für seine Zwecke einzuspannen. Allerdings wüsste er nicht, wie er sie im Transporter fixieren sollte. Auf der Ladefläche hatte er nur eine Halterung für die Handschellen angebracht, außerdem verfügte er über kein zweites Paar. War sie hübsch genug, könnte er sie gegen Sofie austauschen. Dann wäre sie zwar überflüssig, aber vielleicht trotzdem zu gebrauchen. Ließen sich die Frauen sogar gemeinsam an dem Haken fixieren? Er stellte sich vor, wie es wäre, morgen um achtzehn Uhr über zwei Opfer zu verfügen. Der Gedanke erregte ihn. Bot ihm das Schicksal eine ungeahnte Chance?

Bislang war er auf der Beifahrerseite gelaufen, doch nun wechselte er die Richtung. Er warf sich kurz zu Boden und robbte wie in der Bundeswehrausbildung über den Weg. Auf der anderen Seite angekommen, richtete er sich wieder auf. Vom Auto trennten ihn noch hundert Schritte.

Er zog die Waffe aus der Jackentasche. Nie zuvor hatte er einen Mann kaltblütig hingerichtet. Würde ihm das genauso leichtfallen wie das Erwürgen einer wehrlosen Frau? Er durfte nicht zögern. Die Tür aufreißen, die Mündung an die Schläfe pressen und abdrücken.

Ob Blut und Gehirnmasse auf die Frau spritzen würden?

Er lächelte bei dieser erregenden Vorstellung.

24

Sofie zuckte bei dem unerwarteten Lärm zusammen. Was war das? Wieso erklang draußen eine laute Hupe? Waren das Polizisten, die zu ihrer Rettung gekommen waren? Trotz der Warnung ihres Entführers riskierte sie alles.

»Hilfe!«, schrie sie. »Ich bin hier drinnen! Retten Sie mich. Bitte!«

Ein Motor heulte auf, Reifen quietschten. Was hatte das zu bedeuten?

»Hilfe!«

Sie brüllte aus vollem Hals. Doch der Motor entfernte sich. Wurde leiser. War irgendwann nicht mehr zu hören.

»Nein! Ich bin hier! Hilfe!«

Ihre Stimme versagte. Verschwand gerade ihre einzige Chance auf einen glücklichen Ausgang? Würde er sie bestrafen, weil sie nicht still geblieben war? Tränen schossen ihr aus den Augen. Sie weinte hemmungslos. Wie war sie nur in diesen Albtraum geraten? Was hatte Amelie damit zu tun? Wo war sie, falls sie mit dem Mistkerl unter einer Decke steckte?

Mit dem Mut der Verzweiflung riss sie an den Handschellen. Doch die Bügel schnitten bloß tiefer in ihre Haut. Es war hoffnungslos.

25

Björn lachte. »Oh Gott! War das geil. Ob die sich erschrocken haben? Hoffentlich. Mir hätte das an ihrer Stelle einen tierischen Schreck eingejagt.«

Auch Lara grinste. Björn hatte zum Glück auf sie gehört, sich aber noch einen Spaß gegönnt. Zuerst hatte er lange gehupt, bevor er mit aufheulendem Motor losgefahren war und den Wagen gewendet hatte. Die Räder waren auf dem Untergrund durchgedreht, und das Auto war sogar ins Schleudern geraten.

»Hoffentlich haben wir sie kurz vor dem Höhepunkt gestört«, fuhr er fort. Noch immer amüsierte er sich über seinen letzten Schachzug.

Sie erreichten das Ende des Feldweges. Björn hielt an und schaute nach rechts und links.

»Beeil dich«, sagte Lara zu ihm. »Das hat mich jetzt richtig scharf gemacht. Wie du's ihnen gezeigt hast. Bestimmt haben wir beim nächsten Mal die Scheune für uns allein. Wenn wir an der Elbe sind, kriegst du deine Belohnung.«

»Das lass ich mir nicht zweimal sagen.«

Da auf der Hauptstraße kein Verkehr herrschte, fuhr er wieder mit durchdrehenden Reifen los. Erneut schlingerte der Wagen, bis er ihn unter Kontrolle hatte.

Lara legte ihm die Hand auf den Oberschenkel und ließ sie nach oben gleiten. Aus unerklärlichen Gründen hatte sie das Gefühl, in letzter Sekunde einer großen Gefahr entkommen zu sein. Ein Gefühl, das ihre Lust steigerte. Sie grinste über sich selbst. Manchmal erschreckten sie ihre Bedürfnisse. Zum Glück hatte sie mit Björn den Richtigen gefunden, um sie auszuleben.

26

23 Uhr 34

Till setzte sich mit Miriam und Bastian ins Wohnzimmer der verschwundenen Sofie Klaiber. Sie hatten zwei Namen von Freundinnen und deren Telefonnummern gefunden. Eine magere Ausbeute ihrer Suche und wahrscheinlich nicht genug, um einen erneuten Geiselaustausch zu verhindern.

»Was machen wir jetzt?«, fragte Till. »Wir können nicht davon ausgehen, dass Frau Klaiber ausgerechnet bei einer der beiden Freundinnen anruft. Aber vielleicht können wir mehr über sie erfahren.«

Bastian schaute auf seine Uhr. »Nicht um diese Uhrzeit. Wenn du jetzt jemanden aus dem Schlaf reißt, wie groß ist die Wahrscheinlichkeit, vernünftige Antworten zu bekommen?«

»Alternativen?«, erkundigte sich Miriam.

»Leo und Amelie. Vor allem Amelie«, sagte Till. »Sie wird ihre Gründe haben, warum sie ausgerechnet Sofie angerufen hat. Offenbar versteht sie sich gut mit ihr.« Er tippte auf den Zettel mit den Namen der Freundinnen. »Und kann hiermit vielleicht etwas anfangen.«

»Habt ihr sie ins Krankenhaus bringen lassen?«, fragte Bastian.

»Zur Beobachtung in die Uniklinik«, bestätigte Miriam. »Physisch schien sie es gut verkraftet zu haben. Sie klagte über Gelenkschmerzen. Was ihre Psyche anbelangt ... keine Ahnung.«

»Also wissen wir nicht einmal, ob sie noch im Krankenhaus ist«, stellte Till fest.

»Ich erfahre hoffentlich, dass man sie entlässt. Angeordnet hatte ich eine Rund-um-die-Uhr-Überwachung im Krankenhaus. Ein Schutzpolizist soll sich vors Zimmer setzen. Da müsste man mir Bescheid geben, sobald das überflüssig wird.«

»Das kriege ich raus«, sagte Till. »Ich rufe Leo an.«

Er baute mit dem Handy die Verbindung auf. Sein Freund meldete sich schnell.

»Hey, Till. Gibt's Neuigkeiten?«

»Bisher nicht. Seid ihr im UKE?«

»Ja. Sie liegt in einem Einzelzimmer, vor dem ein Polizist sitzt. Ehrlich gesagt, beunruhigt mich das. Schwebt sie weiter in Gefahr?«

»Das dient nur ihrer Sicherheit. Wir würden jetzt noch zu euch kommen, um Amelie und dich zu befragen.«

»Puh. Ich stehe euch gern Rede und Antwort. Aber Amelie? Sie ist ziemlich mitgenommen. Weiß nicht, ob das etwas bringt.«

»Versuch macht klug.«

»Ja, du hast recht. Okay. Ich warte hier im Gang auf euch. Die Schwestern und Pfleger sind alle sehr nett. Sie erlauben mir vorläufig hierzubleiben, solang ich nicht im

Weg rumstehe und der Patientin ihre nötige Ruhe gebe.« Er nannte Till die Zimmernummer.

Sie fuhren zu dritt in Bastians Auto nach Eppendorf in die Uniklinik. Till hatte hinten Platz genommen und beugte sich in der Sitzlücke nach vorn.

»Zwei Fragen lassen mich nicht los«, sagte er nachdenklich. »Wieso ausgerechnet Amelie, und warum heute?«

Miriam nickte. »Er hat ihr an der Haustür aufgelauert.«

»Als hätte er gewusst, wann sie das Haus verlässt.«

Miriam und Till warfen sich im Rückspiegel einen Blick zu.

»Kann trotzdem Zufall gewesen sein«, gab Bastian zu bedenken.

»Aber wie hoch ist die Wahrscheinlichkeit?«, fragte Till. »Nicht gerade riesig. Oder irre ich mich? Er muss gewusst haben, wann sie das Haus verlässt. Von wem?«

Leo tigerte unruhig im Krankenhausgang hin und her. Als sie auf ihn zugingen, hielt er kurz inne, als müsste er sich erinnern, was zu tun sei. Dann kam er ihnen entgegen. Miriam stellte ihren Partner vor, und die Männer schüttelten sich die Hand.

»Schläft deine Freundin?«, fragte sie.

»Ich habe ihr vor fünf Minuten euren Besuch angekündigt. Da war sie wach und hatte nichts dagegen. Leute, erwartet bitte nicht zu viel von ihr. Ich habe den Eindruck, ihre Gedanken schweifen ab. Dann starrt sie ins Leere und ... schrecklich.« Er schüttelte sich kurz.

»Wir gehen sehr behutsam mit ihr um«, versprach Miriam. »Mach dir keine Sorgen, wir sind es gewohnt, mit Opfern zu sprechen.«

»Soll ich mitkommen?«, fragte er.

Till legte ihm einen Arm um die Schulter. »Ich weiß, wo hier ein Kaffeeautomat steht. Kommst du mit? Der Kaffee ist für einen Automaten sogar einigermaßen genießbar.«

»Koffein wäre gut«, antwortete Leo.

Till nickte Miriam zu, ehe er sich umdrehte und mit Leo den Gang entlangging.

»Das ist so unfassbar«, murmelte Leo. »Till, sie macht sich solche Vorwürfe wegen Sofie. Ihr müsst sie retten, sonst wird Amelie ihres Lebens nicht mehr froh. Wenn Sofie stirbt, weiß ich nicht, wie mein Schatz das verkraften soll. War es falsch, was sie gemacht hat? Hätte sie keine Freundin anrufen dürfen?«

»Das war genau richtig«, antwortete Till. »Die Polizei hätte frühestens morgen Nachmittag anfangen können, nach Amelie zu suchen.«

»Dann wäre es zu spät gewesen.«

»Du sagst es! So haben wir noch achtzehn Stunden Zeit, das Schlimmste zu verhindern. Und vielleicht kannst du dabei helfen.«

»Ich hoffe es.«

Sie erreichten den Kaffeeautomaten.

»Was willst du haben?«, fragte Till.

»Gibt's Cappuccino?«

»Ja.« Till warf eine Zwei-Euro-Münze ein und zog für seinen Freund das gewünschte Getränk. Mit dem Wechselgeld und einem weiteren Euro orderte er für sich einen Espresso.

»Danke.« Leo pustete in den braunen Plastikbecher und nippte daran.

»Wie geht ihr öffentlich mit eurer Beziehung um?«, fragte Till. »Postet ihr ab und zu Pärchenfotos in den sozialen Medien?«

»Ganz selten«, antwortete Leo. »Du weißt, ich nutze das

fast gar nicht. Amelie braucht das manchmal wegen ihres Jobs. Sie versucht, über Instagram Werbung für ihre Praxis zu machen. Die Konkurrenz unter den Physiotherapiepraxen ist ziemlich groß. Ihr Chef sieht so etwas immer wieder gern. So sammelt sie Pluspunkte bei ihm.«

»Also haben ihre Postings eher beruflichen Bezug?«

»Gemischt. Manchmal postet sie Privates. Und wenn wir im Urlaub sind, bin ich auch mal zu sehen.«

»Das heißt, so könnte jemand auf euch als Paar aufmerksam geworden sein?«, schlussfolgerte Till. »Zum Beispiel durch eure letzte Reise?«

Leo runzelte die Stirn. »Du glaubst, die Entführung hat mit uns zu tun?«

»Ich will kein vorschnelles Urteil fällen. Hat einer von euch irgendwo erwähnt, dass wir heute Abend verabredet waren?«

»Ich nicht.«

»Und Amelie?«

»Kann ich mir nicht vorstellen. Warte. Ich prüf's.« Er zog sein Handy aus der Hosentasche und rief zuerst Instagram auf. »Nein«, murmelte Leo. »Vielleicht im Whatsapp-Status?« Kurz darauf schüttelte er den Kopf. »Fehlanzeige. Hätte mich ehrlich gesagt auch gewundert. Amelie gibt so etwas öffentlich nicht preis. Was bedeutet das?«

»Ich kann mir nicht vorstellen, dass Amelie zufällig Opfer der Entführung wurde. Miriam sieht das auch so.«

»Das heißt?«

»Ich bin mir fast sicher, dass der Täter sie bewusst ausgewählt hat. Sie also zumindest in den Tagen zuvor beobachtet haben muss.«

»Shit!«

»Einzig der Zeitpunkt könnte Zufall sein. Aber auch das überzeugt mich nicht. Amelie hat ausgesagt, er habe sie genau beim Verlassen des Hauses abgefangen. Man kann von der Straße aus nicht beobachten, ob jemand die Wohnung verlässt. Also hatte er in dem Moment entweder wahnsinniges Glück, dass sie auf dem Weg nach draußen war, weil er ohnehin gerade bei ihr anklingeln wollte. Oder er wusste, wann er zur Stelle sein muss.«

»Das klingt für mich so, als würde sie noch in Gefahr schweben. Deshalb der Polizist vor ihrem Zimmer?«

Till schüttelte den Kopf. »Das ist ein Standardvorgehen. Meiner Meinung nach ist sie aus dem Schneider. Eines wisst ihr bislang nicht. Es hat in zwei anderen Städten ähnliche Vorfälle gegeben.«

Leo riss die Augen auf. »Wann und wo?«

»Ich darf nicht zu viel verraten. In den letzten Monaten. Miriam und ihr Partner haben eine bundesweite Behörde alarmiert, die in den ersten Fällen ermitteln. Die Polizisten sind auf dem Weg nach Hamburg, treffen in den nächsten Stunden ein. Das sind Experten für Serientäter, denn damit haben wir es zu tun. Zusammen mit dem LKA werden sie Jagd auf den Entführer machen, um Sofie Klaiber zu retten und einen weiteren Geiselaustausch zu verhindern.«

»Scheiße!«, flüsterte Leo. »Das ist alles gar nicht gut.«

»Doch«, widersprach Till. »Besser hätte es für Amelie nach der Entführung nicht laufen können. Sie ist wieder frei, außerdem bleibt genügend Zeit, um ihre Freundin zu retten. Und durch die Fälle in den anderen Städten wird es nicht an mangelnden Einsatzkräften scheitern. Bis achtzehn Uhr hat das hier in Hamburg höchste Priorität. Keine Ahnung, was genau die Wiesbadener Behörde und das LKA aushecken, aber es würde mich nicht wundern, wenn sie an die Öffentlichkeit gehen. Irgendwo in der Stadt wird Frau Klaiber in einem weißen Transporter festgehalten. Ich hab das Gefühl, die Sache nimmt ein glückliches Ende. Mach dir keine zu großen Sorgen.« Till trank seinen Espresso leer und warf den Plastikbecher in einen Mülleimer. Er verbreitete absichtlich mehr Optimismus, als er empfand. Was hätte es gebracht, Leo einen blutigen Ausgang vor Augen zu führen, der zudem nicht unwahrscheinlich war? Trotzdem war sein Freund beunruhigt. Das war ihm deutlich anzusehen. »Was geht dir durch den Kopf?«

Leo leerte den Cappuccino und warf den braunen Becher ebenfalls in den Müll. »Es kommt raus, oder?«

»Was meinst du?«

»Dass sich Amelie gegen Sofie eingelöst hat. Das lässt sich bei einem Serientäter nicht verheimlichen.«

»Kann sein. Aber das ist gerade nicht unser größtes Problem.«

»Noch nicht! Du weißt, wie gnadenlos die Menschen heutzutage sind. Wenn das publik wird, ist mein Schatz geliefert. Das gibt einen riesigen Shitstorm. Oh Gott! Das müssen wir verhindern. Was wirft das für ein Licht auf sie? Sie hat sich gegen jemanden eingetauscht, ohne dass Sofie eine Wahl hatte. Die Leute werden sich das Maul darüber zerreißen, wie man das einer Freundin antun kann. Till! Das ist schrecklich! Die werden Amelie zerfleischen. Das müssen wir verhindern.«

»Wenn Sofie lebend gerettet wird, dreht sich der Fokus. Dann hat Amelie die richtige Entscheidung getroffen, weil dadurch der Täter aufgehalten werden konnte.«

»Und falls nicht?«

Till verstand Leos Bedenken. Seiner Meinung nach malte er allerdings zu früh schwarz. Die Rettung Sofies stand für ihn im Vordergrund, zumal man sich einem öffentlichen Shitstorm entziehen konnte, indem man eine Weile abtauchte.

»Was kannst du mir über Sofie Klaiber sagen?«, fragte Till. »Du hast heute mir ihr telefoniert. Hattet ihr davor auch schon Kontakt?«

»Amelie und ich haben uns einmal mit ihr getroffen. Letzten Sommer in der Strandperle. War ein netter Abend. Aber sie ist überzeugter Single. Und Treffen zu dritt ... da fühlt sich immer jemand vernachlässigt. Amelie und sie haben sich öfter zu zweit verabredet. Alle paar Monate, soweit ich weiß.«

»Kamt ihr gut miteinander klar?«

»Letzten Sommer? Ja. Ich finde sie nett. Sie wäre nicht mein Typ, aber ...« Er zuckte mit den Achseln.

»Wie eng ist das Verhältnis zwischen Amelie und ihr?«

Leo zögerte und fuhr sich mit den Händen durchs Gesicht. »Sie hat engere Freundinnen als Sofie. Schätze ich. Weiß ich es? Kennst du alle Freundinnen deiner Miriam?«

»Keine Ahnung«, gestand Till. »Ich würde es behaupten, sicher sein kann man sich bei Frauen allerdings nie.«

»Ganz meine Meinung.«

»Amelie muss überzeugt gewesen sein, dass sich Sofie mit ihr abends treffen würde. Sonst hätte der Anruf keinen Sinn ergeben.«

»Das stimmt.«

»Woher hatte sie die Gewissheit?«

»Till, sorry, ich weiß es einfach nicht. Mir schwirrt der Kopf.« Er schaute den Gang hinunter. »Ich bin bloß froh, dass sie frei ist. Unverletzt. Zumindest körperlich. Ich werde mich um sie kümmern, immer für sie da sein. Das verspreche ich. Ab sofort muss ich wohl besser auf sie aufpassen.«

»Das war nicht deine Schuld«, sagte Till.

»Ich weiß. Trotzdem. Amelie braucht mich jetzt. So gut kenne ich sie. Es wird dauern, bis es ihr wieder gut geht. Vor allem, wenn Sofie ... du weißt schon.« Er presste die Lippen zusammen.

27

Amelie hatte das motorisierte Kopfteil des Bettes aufgerichtet und sich ein Kissen in den Rücken geschoben. Miriam und Bastian saßen links und rechts von ihr auf zwei Besucherstühlen.

»Ist dir noch etwas eingefallen, das uns helfen könnte, den Entführer zu finden?«, fragte Miriam. »Vielleicht das Kennzeichen oder die Marke des Lieferwagens?«

»Das Kennzeichen nicht«, antwortete Amelie leise. »Ich will's nicht beschwören, aber ich glaube, es war ein VW. Aber was, wenn ich mich irre?«

»Keine Sorge«, beruhigte Miriam sie. »Wir werden uns darauf bei der Fahndung nicht fixieren.«

»Gut. Es tut mir so leid. Ich habe überhaupt nicht ans Kennzeichen gedacht. So dumm von mir! Wir standen zusammen am Fahrzeug. Da hätte ich gucken müssen. Aber mir sind so viele andere Gedanken durch den Kopf gegangen. Ob ich Sofie warnen und trotzdem fliehen kann. Außerdem hatte ich so schlimme Angst. Er hatte eine Pistole in der Tasche und drohte, uns zu erschießen.« Sie weinte bei der Erinnerung, wischte sich die Tränen jedoch sofort wieder ab.

»Alles gut«, beruhigte Bastian sie. »Absolut verständlich, dass Sie nicht an das Kennzeichen gedacht haben.«

Amelie warf ihm einen dankbaren Blick zu. Miriam registrierte, dass Amelie ihm länger in die Augen sah als ihr. »Ist dir vielleicht noch etwas eingefallen, was der Mann gesagt hat und dir komisch vorgekommen ist?«

»Nein«, sagte Amelie. »Beziehungsweise eigentlich alles. Er hat mir gedroht, mich zu erwürgen und dabei Sex mit mir zu haben. Wie kann man so krank sein? Was ist das für ein Mensch, den das anmacht? Ekelhaft! Arme Sofie. Oh Gott! Sie muss sich einlösen! Das könnte ich mir sonst nicht verzeihen.«

»Hast du unser heutiges Treffen irgendwo thematisiert?«, erkundigte sich Miriam.

»Was?«

»Hast du die bevorstehende Verabredung gepostet? Whatsapp? Insta?«

»Nein. Das soll nicht böse klingen, aber ich bin nur Leo zuliebe mitgekommen. Er hat das vorgeschlagen. Eigentlich verabrede ich mich unter der Woche eher ungern. Meine Arbeit ist körperlich anstrengend, und ich bin abends oft platt.«

»Hast du auf der Arbeit mit jemandem darüber gesprochen?«

Amelie schaute an ihnen vorbei und versuchte anscheinend, sich zu erinnern. »Sylvia hat mich gefragt, als ich Feierabend gemacht habe.«

»Wer ist das?«, fragte Bastian.

»Unsere gute Seele in der Praxis. Sie sitzt am Empfang. Für mich ist sie wie eine Mutter. Sie backt zu Weihnachten Kekse, hat jeden Geburtstag auf dem Schirm. Einfach ein liebenswerter Mensch.«

»Um wie viel Uhr war das?«, erkundigte sich Miriam.

»Ich habe um Viertel vor fünf Feierabend gemacht.«

Also führte die Spur wahrscheinlich ins Leere. Diese Sylvia hätte kaum mehr als eine Stunde Zeit gehabt, ihr den Entführer auf den Hals zu hetzen.

»Aber wir haben nicht über die Uhrzeit gesprochen«, fuhr Amelie fort. »Ich habe ihr nur gesagt, dass mir Leo am Abend zwei Freunde vorstellen will.«

Miriam erkundigte sich noch nicht nach dem vollständigem Namen der Kollegin. Sie würde die Wiesbadener um ihre Einschätzung bitten, hielt aber eine Verwicklung der Frau in die Ereignisse für unwahrscheinlich.

»Also wusste niemand, wann du das Haus verlässt«, folgerte Miriam.

»Nur Leo. Wieso fragst du?«

»Wir halten es für ziemlich ausgeschlossen, dass du heute zufällig zum Opfer wurdest. Eher wäre es logisch, wenn dich der Täter beobachtet hat. Ist dir ...«

»Oh scheiße!«, sagte Amelie. »Das hab ich ja total vergessen. Wie kann ich bloß so dumm sein?«

»Was meinst du?«

»Er hat mich ja mit Chloroform betäubt. Irgendwann bin ich aufgewacht. Bei unserem Gespräch hat er gesagt, ich könne ihn Leo nennen. Er würde heißen wie mein Freund. Außerdem hat er behauptet, wir würden auf einem ehemaligen Bauernhof stehen, nicht weit vom Mittelweg entfernt. Ich wollte zum Mittelweg. Wie konnte ich das bloß vergessen? Es tut mir leid.«

Miriam und Bastian warfen sich vielsagende Blicke zu. Offenbar besaß der Täter gute Kenntnisse über seine Opfer. Ob die Wiesbadener das in den anderen Fällen ebenfalls herausgefunden hatten?

»Das macht nichts«, sagte Miriam. »Das mit dem

Bauernhof ist ein toller Hinweis. Wie lange dauerte die Fahrt zum Parkplatz an der Alster?«

Amelie dachte nach. »Ich habe kein gutes Zeitgefühl. Bei der Arbeit schaue ich immer auf die Uhr, um die Behandlungsdauer nicht zu überziehen. Zwanzig Minuten könnten hinkommen.«

»Das analysieren wir. Vielleicht kreisen wir ihn dadurch ein«, sagte Bastian. »Sehr gut.« Er schenkte Amelie ein warmherziges Lächeln.

»Kommen wir auf Sofie zu sprechen«, schlug Miriam vor. »Was kannst du uns über sie erzählen?«

Amelies Schultern bebten, und sie brach in Tränen aus. »Entschuldigung«, stammelte sie. Es dauerte eine Weile, bis der Anfall vorüberging. »Bin ich für ihren Tod verantwortlich?«

»Schlagen Sie sich diesen Gedanken aus dem Kopf«, erwiderte Bastian. »Wir haben noch viele Stunden Zeit, Ihre Freundin zu retten. Außerdem ist nur der Täter verantwortlich, niemals das Opfer. Sie sind sein Opfer. Er hat Sie dazu gezwungen. Das müssen Sie sich immer wieder vergegenwärtigen. Wir finden sie sicher rechtzeitig. Schon bald unterstützt uns eine Spezialeinheit dabei.«

»Gut.«

»Lassen Sie uns an Ihren Überlegungen teilhaben«, fuhr Bastian fort. »Wieso ist Ihre Wahl auf Frau Klaiber gefallen?«

»Der Wichser hat mir Denkanstöße gegeben.«

»Welcher Art?«, fragte Miriam.

»Zum Beispiel hat er mir geraten, je früher ich mich gegen eine Freundin einlöse, desto schneller könnte ich zur Polizei. Ich hätte sonst nie nur so wenige Stunden in dem Auto ausgehalten. Aber irgendwie klang das für mich logisch. Dann meinte er noch, ich könnte darüber entscheiden, ob ich ihm eine Mutter ausliefern würde. Das war eine schreckliche Vorstellung. Also bin ich in Gedanken meine Freundinnenliste durchgegangen. Bei einigen ahnte ich, sie würden niemals abends die Wohnung verlassen, um mich spontan zu sehen. Schon gar nicht an der Alster. Dafür wohnen sie zu weit weg. Andere fielen raus, weil ich sie um ihre engen Bindungen zur Familie beneide. Wie hätte ich sie da rausreißen können? Unmöglich! Dann dachte ich an Sofie. Die ist total hilfsbereit. Wir treffen uns nicht oft, aber wenn, haben wir eine tolle Zeit. Ich ... es ... oh Gott. Es war so schwer, dem Wichser ihren Namen zu nennen. Er hat sich ihr Profil angeschaut und ...«

»Wie hat er das gemacht?«, unterbrach Bastian.

»Er hat mein Whatsapp auf sein Handy kopiert. Als ich bewusstlos war. Also wie gesagt, er hat sich ihr Profil angesehen und sich mit Sofie einverstanden erklärt. Dann musste ich sie anrufen.«

»Mit seinem Handy?«, vermutete Miriam.

»Mit meinem eigenen. Er hat es extra dafür angeschaltet.«

Miriam und Bastian warfen sich einen Blick zu. Wenn das Smartphone für einige Minuten eingeschaltet gewesen war und sogar eine Verbindung aufgebaut hatte, war das eine echte Spur. Technisch war die Abfrage eines früheren Standorts zwar komplizierter als eine Recherche nach dem aktuellen Einwahlpunkt, trotzdem war sie möglich. Dann stellte sich bloß die Frage, wie schnell die Mobilfunkfirma Rückmeldung geben würde. Bis achtzehn Uhr? Nicht ausgeschlossen, aber auch nicht sicher. Und nur relevant, falls der Täter mit Klaiber an den alten Rückzugsort zurückgekehrt war. Interessanter wäre es allerdings, Fachkräfte auf das Handy des Opfers anzusetzen. Sollte es sich das nächste Mal einloggen, würden sie es in Echtzeit erfahren. Ob Drosten und seine Kollegen sich darum kümmern könnten?

»Sie ist rangegangen. Wollte mich zu sich einladen.

Aber ich habe es geschafft, sie an die Alster zu locken. Wie konnte ich nur?« Wieder weinte sie.

»Das war nicht falsch«, widersprach Bastian. Er wartete, bis sie sich einigermaßen beruhigt hatte. »Was können Sie uns über Frau Klaiber sagen? Kennen Sie enge Freundinnen von ihr? Was wissen Sie sonst, das uns weiterhelfen könnte?«

»Die Namen einiger Freundinnen würden mir einfallen«, erklärte Amelie.

»Wunderbar!« Bastian zog einen Notizblock aus der Jacke und zückte einen Stift. »Wir sind ganz Ohr.«

Ein paar Minuten später kratzte sich Amelie am Kopf. »Das war's«, sagte sie leise. »Mehr fällt mir nicht ein. Das reicht nicht, oder?« Flehentlich sah sie zu Bastian.

»Das sind wertvolle Informationen«, bekräftigte er. »Sie haben das gut gemacht. Fünf Namen sind mehr, als ich erhofft hatte.«

»Wirklich?«, fragte sie unsicher.

»Ich würde Sie nicht anlügen.«

»Trotzdem könnte es besser sein, wenn du vorläufig untertauchst«, mischte sich Miriam ein.

Amelie wandte sich ihr zu. »Schwebe ich denn in Gefahr? Kommt er zu mir zurück?«

»Nein, das nicht«, erklärte Miriam. »Es ist zwar noch nicht entschieden, aber wir tendieren dazu, morgen früh an die Öffentlichkeit zu gehen. Wir werden vermutlich übers Fernsehen, Radio und Internet Sofies Namen veröffentlichen und ihre Kontakte vor einem möglichen Anruf warnen.«

»Wieso das?«, fragte Amelie. »Dann kann er sie nicht austauschen.«

»Das versuchen wir tatsächlich zu verhindern, denn mit

dem nächsten Tausch würden wir zurück auf null geschleudert und hätten anschließend weniger Zeit«, sagte Miriam.

»Dann stirbt Sofie!« Amelies Stimme überschlug sich.

»Die Öffentlichkeit könnte den weißen Lieferwagen entdecken«, erläuterte Bastian.

»Okay, das kapiere ich. Also soll ich nicht in meine Wohnung zurück?«

»Nein, das können wir Ihnen nicht empfehlen.«

»Wieso nicht?«

»Man weiß nie, was die Medien herausfinden. Falls jemand Ihren Namen kundtut, wäre es besser, wenn Sie nicht auffindbar sind.«

»Damit nicht Scharen von Journalisten vor dem Haus Stellung beziehen«, vermutete Amelie.

»Richtig«, sagte Miriam.

»Und wo soll ich untertauchen? Bei Freunden?«

»Nein. Besser nicht. Hat dir Leo je erzählt, was Till beruflich macht?«

»Er sucht nach vermissten Personen, oder?«

»Unter anderem. Manchmal hat er Klienten, denen er dabei hilft, temporär unterzutauchen.«

»Warum machen Leute so etwas?«

»Zum Beispiel, wenn sie hartnäckige Stalker haben. Dann kann es helfen, ein paar Wochen von der Bildfläche zu verschwinden.«

»Du glaubst, er könnte mich dabei unterstützen?«

»Till redet draußen mit Leo. Was hältst du davon, wenn wir die beiden holen und sie in unsere Überlegungen einbeziehen?«

»Habe nichts dagegen.« Sie lächelte und versuchte offenbar, tapfer zu wirken.

Miriam erhob sich und öffnete die Zimmertür. Sofort blickte der davor wartende Polizist zu ihr hoch.

»Alles in Ordnung?«, fragte er.

»Ja.« Sie nickte. »Till?«, rief sie halblaut.

Till und Leo standen gut ein Dutzend Schritte vom Zimmer entfernt und waren in ein Gespräch vertieft. Er fasste Leo kurz am Arm und kam auf sie zu. Leo folgte unsicher. Miriam erklärte ihm, worüber sie mit Amelie gesprochen hatte.

»Ich habe das Thema mit Leo auch schon angeschnitten.«

»Dann lasst uns zu fünft darüber sprechen«, schlug sie vor.

Sie gingen ins Zimmer. Amelie konzentrierte sich auf Leo und lächelte ihm warmherzig zu.

»Kommst du zu mir?«, fragte sie leise.

Er stellte sich ans Bett, und sie griff nach seiner Hand, die sie fest umklammerte.

»Wenn ihr einverstanden seid, könnte ich in mein Büro fahren und nach einer Unterkunft hier in der Stadt suchen, in der wir euch vorübergehend einquartieren«, sagte Till.

»Wie funktioniert das?«, erkundigte sich Leo. »Was für Quartiere sind das?«

»Möblierte Ferienapartments. Ich würde nach einer ganzen Wohnung mit eigenem Zugang Ausschau halten. Idealerweise mit Sofortbezahlung und jederzeitigem Beginn des Mietverhältnisses. Alles unter meinem Namen.«

»Was kostet das?«, fragte Amelie.

»Sagt mir eure Preisobergrenze«, erwiderte Till. »Was könnt ihr auf jeden Fall bezahlen? Je mehr Spielraum ich habe, desto leichter lässt sich eine gute Wohnung finden.«

Leo und Amelie schauten sich an. Amelie zuckte die Achseln.

»Schlag du etwas vor«, flüsterte sie.

Er schien darüber nachzudenken. »Wie weit kommen wir mit tausend Euro?«, fragte er Till. »Dir geht's ja wahrscheinlich nicht bloß um einen Tag, oder?«

»Nein. Ein längerer Zeitraum wäre besser, und tausend Euro ist eine gute Basis. Da finde ich etwas, wo ihr euch wohlfühlt. Versprochen.«

28

0 Uhr 40

Björn küsste Laras Hand. Manchmal konnte er nicht glauben, wie viel Glück er hatte, sie getroffen zu haben. Er lächelte ihr zu, und sie erwiderte sein Lächeln. Ihr Kennenlernen kam ihm fast schon filmreif vor, wie in einer kitschigen Hollywoodproduktion. Aber noch unglaublicher erschien es ihm, dass sie in dieser einen Hinsicht so perfekt harmonierten.

Er war drei Jahre älter als Lara und um einiges erfahrener. In den ersten Monaten ihrer Beziehung hatten sie schönen Sex gehabt, über den er sich niemals beklagt hätte. Sie war rasch in seine Eigentumswohnung eingezogen, und es hatte keinen Anlass gegeben, ihr sein Geheimnis zu offenbaren. Ihr Sex hatte sich meist im Schlafzimmer abgespielt. Gelegentlich auch unter der Dusche oder auf dem Wohnzimmersofa. Lange Zeit hatte er nicht den Mut gefunden, ihr von seiner wahren Leidenschaft zu erzählen, aus Angst, wie sie darauf reagieren würde. Es gab nichts, was ihn mehr erregte als Parkplatzsex. Es im Auto zu treiben, auf der Motorhaube und manchmal sogar bei geöffneter Heckklappe, während die Frau auf der Ladefläche kniete. Der Reiz, erwischt zu werden, steigerte sein Verlangen ins Unermessliche. Vor einem Dreivierteljahr hatte er den Mut gehabt, sie darauf anzusprechen. Zu seiner großen Freude war sie nicht abgeneigt gewesen. Dass sie es schließlich sogar fast noch mehr genoss als er selbst, war das allergrößte Glück.

Sie hatten inzwischen beide wieder die Unterwäsche angezogen. Die Fensterscheiben waren nicht beschlagen, weil sie die ganze Zeit ein Stück offen gestanden hatten. Trotz des ersten Fehlschlags auf dem ehemaligen Bauernhof hatten sie eine gute Stelle gefunden, um sich zu amüsieren.

»Ich liebe dich«, sagte er.

»Und ich dich.«

Sie küssten sich, zuerst zärtlich, dann leidenschaftlicher. Immer, wenn sie sich den Spaß gönnten, im Auto Sex zu haben, blieb es nicht bei einem Mal.

Er streichelte ihren flachen Bauch. Seine Hand rutschte höher und berührte den Spitzen-BH. Er wanderte zu ihrem Rücken, um ihn wieder aufzuhaken. Lara bevorzugte es, in ihren kleinen Pausen die Unterwäsche anzuziehen. Ihm machte das nichts aus, ganz im Gegenteil. Sie ein zweites Mal zu entkleiden, war ein schönes Vorspiel und ...

Jemand klopfte energisch an die Fensterscheibe. Lara schrie spitz auf, Björn zuckte zusammen. Sie lösten sich voneinander. Hektisch schaute Björn nach draußen, wo er einen uniformierten Polizisten erblickte.

»Ziehen Sie sich an, und kommen Sie zu uns raus«, sagte der Beamte. »In dieser Reihenfolge. Wir wollen Ihre Papiere sehen.«

Björn und Lara wechselten einen verschwörerischen

Blick. Es fiel ihnen schwer, ein Grinsen zu unterdrücken. Das war das zweite Mal, dass ihnen Polizisten in die Quere kamen. Das letzte Mal war es draußen so kalt gewesen, dass sie das beschlagene Fenster erst hatten freiwischen müssen, um zu erkennen, wer sie unterbrach.

Rasch zogen sie sich an. Björn stieg zuerst aus. Die zwei männlichen Polizisten hatten sich ein paar Schritte zurückgezogen.

»Guten Abend«, sagte Björn.

»Ihre Ausweise«, erwiderte einer der Beamten.

Lara stellte sich an Björns Seite und angelte ihren Ausweis aus dem Portemonnaie.

»Seien Sie froh, dass wir nicht fünf Minuten später vor Ort erschienen sind«, sagte der Uniformierte. »Man konnte Sie deutlich sehen. Das wird schnell zu einem Verstoß gegen Paragraf 183a StGB. Sind Sie sich darüber im Klaren?«

»Tut uns leid«, antwortete Björn. Je weniger er sagte, desto besser. Der erwähnte Paragraf bezog sich auf die Erregung öffentlichen Ärgernisses. Björn vermutete, sie würden mit einer Ermahnung davonkommen.

»Lese ich das richtig?«, fragte der Polizist überrascht. »Sie sind beide unter derselben Adresse gemeldet?«

»Ja«, bestätigten sie gleichzeitig.

»Wird Ihr Schlafzimmer gerade renoviert, haben Sie Schwiegerelternbesuch, oder was hat das zu bedeuten?«

»Sorry, wir wollten mal etwas Neues ausprobieren«, behauptete Björn. Es erschien ihm klüger, sich nicht zu ihrer gemeinsamen Leidenschaft zu bekennen.

»Und warum parken Sie dann hier auf einem öffentlichen Platz unweit der Elbe?«, fragte der andere Polizist. »Nichts für ungut, aber Sie hätten ja wohl etwas Abgelegeneres finden können.«

»Hatten wir sogar schon. Leider hat uns ein weißer Lieferwagen die Tour vermasselt«, erklärte Björn.

»Ein weißer Lieferwagen?« Die Beamten warfen sich einen Blick zu, den Björn nicht deuten konnte.

»Genau.«

»Haben Sie hineingeschaut?«

»Nein«, antwortete Lara. »Wir sind weitergefahren. Wollten niemanden stören.«

»Wo war das?«

Björn nannte die Straße, von der er in den Feldweg abgebogen war.

»Wie lange ist das her?«

Björn ließ sich mit der Antwort Zeit. War das eine Fangfrage? Immerhin waren seitdem fast anderthalb Stunden vergangen. Trotzdem wollte er nicht lügen. Er blickte zu Lara. »Das war ungefähr halb zwölf, oder?«

»Ja, könnte hinkommen«, bestätigte sie.

Der Polizist gab ihnen die Ausweise zurück. »Haben Sie etwas getrunken?«

»Nein«, antworteten sie.

»Dann erteile ich Ihnen jetzt Platzverbot. Sie fahren sofort nach Hause und verlegen Ihre Aktivitäten in die eigenen vier Wände. Verstanden?«

»Klar und deutlich«, sagte Björn.

»Gut. Ich belasse es bei dieser Ermahnung, weil Sie noch nicht nackt und beim Vollzug des Aktes waren. Sollten wir Sie ein zweites Mal unter ähnlichen Umständen antreffen, sind wir gezwungen, Anzeige gegen Sie zu erstatten. Nehmen Sie das nicht auf die leichte Schulter. Das Strafmaß kann bis zu einem Jahr oder eine saftige Geldstrafe betragen.«

»Oh Gott«, erwiderte Björn. »Wirklich? Das wusste ich gar nicht.« Hoffentlich log er überzeugend, denn er kannte den kurzen Paragrafen auswendig.

»Fahren Sie nach Hause und haben dort Spaß«, sagte der Polizist. »Gute Nacht.«

»Gute Nacht.« Sie stiegen ins Auto ein und schnallten sich vorschriftsmäßig an. Björn startete den Motor, hob die Hand zum Gruß und fuhr langsam los. Am Ende des Parkplatzes blinkte er, bevor er in die Hauptstraße abbog. Er warf einen Blick in den Rückspiegel. Als der Streifenwagen nicht mehr zu sehen war, grinste er.

»Geil«, sagte er leise.

»Ja«, erwiderte Lara. »Beeil dich! Ich bin richtig scharf.«

Für einen Moment erschien es ihm reizvoll, den nächsten Parkplatz anzusteuern. Aber wahrscheinlich wäre das zu respektlos. Stattdessen gab er Gas, um schnell nach Hause zu kommen.

29

Polizeioberkommissar Hübner kontrollierte auf dem Handy die Adresse, die der junge Mann genannt hatte.

»Ungefähr zwanzig Minuten Fahrtzeit von hier«, sagte er. »Weißer Lieferwagen. Sollen wir das der Zentrale melden?«

Sie hatten über Funk von dem Vorfall an dem Alsterparkplatz gehört. Die Schichtleitung hatte sie aufgefordert, Ausschau nach einem weißen Transporter zu halten. Kennzeichen und Fahrzeugmarke waren leider nicht bekannt – was die Erfolgsaussichten arg schmälerte. Hatten sie zufällig die Nadel im Heuhaufen gefunden?

»Wieso nicht?«, erwiderte sein Partner. »Wenn wir selbst nachsehen wollen, müssen wir erklären, warum wir so weit von unserer Route abweichen. Dann können wir die Zentrale auch gleich anfunken.«

Hübner griff zum Funkgerät. »Wagen 247, Zentrale bitte kommen.«

»Zentrale hört«, ertönte die Antwort. »Was gibt's?«

Hübner nannte ihre aktuelle Position und berichtete von

der Beobachtung, die ihnen gemeldet worden war. Der zugeschaltete Beamte lauschte interessiert.

»Bleiben Sie dran. Ich versuche, die zuständigen Kriminalkommissare zu kontaktieren.«

»Verstanden«, sagte Hübner. Er blickte zu seinem Partner. Es war offenbar richtig gewesen, die Sache nicht für sich zu behalten.

30

Miriam Decking stand mit Till bei Bastian an dessen Auto. Der Anruf der Zentrale hatte sie erreicht, als sie das Krankenhaus verlassen hatten. Sie hielt ihr Smartphone mit aktivierter Lautsprechfunktion in der Hand. Die Zentrale hatte sie mit einem Schutzpolizisten verbunden. Der berichtete ihnen soeben von dem Einsatz, der in einer Ermahnung wegen Erregung öffentlichen Ärgernisses geendet hatte.

»Wir wissen über die Fahndung nach dem weißen Lieferwagen Bescheid«, sagte Hübner. »Deswegen wollten wir sichergehen, dass Sie so schnell wie möglich informiert werden.«

»Sehr gut«, lobte Miriam ihn. »Vielen Dank!«

Sie schaute zu Bastian, der auf dem Handy die Entfernung zwischen der genannten Adresse und dem Alsterparkplatz ermittelte.

»Könnte hinkommen«, erklärte er.

»Oberkommissar Hübner, vielleicht haben Sie für den Durchbruch gesorgt. Wir wissen von der befreiten Zeugin, wie lange die Fahrt zum Alsterparkplatz ungefähr gedauert hat. Das passt zu Ihrer durchgegebenen Adresse. Sind Sie gerade frei?«

»Das sind wir.«

»Dann treffen wir uns vor Ort, einverstanden? Und zwar an der Straße, von der der Feldweg abgeht. Unternehmen Sie nichts auf eigene Faust, falls Sie vor uns eintreffen. Aber sorgen Sie dafür, dass niemand über die Hauptstraße verschwinden kann.«

»Wird erledigt. Wir warten dort gegebenenfalls auf Sie.«

»Ich fordere über die Zentrale einen weiteren Wagen an«, erklärte Miriam. »Wir dürften nicht länger als fünfzehn Minuten brauchen.«

»Dann treffen wir ungefähr gleichzeitig ein«, sagte Hübner.

»Okay. Bis gleich.« Miriam beendete das Gespräch. Sie schaute zu Till. »Rufst du dir ein Taxi? Zu diesem Einsatz können wir dich nicht mitnehmen.«

»Kein Problem. Ich lasse mich ins Büro bringen und kümmere mich um den Unterschlupf.«

»Du bleibst für mich erreichbar?«

»Klar. Seid vorsichtig.«

Sie küssten sich, und Bastian stöhnte sarkastisch.

»Hört diese Phase bei euch nie auf?«, fragte er. »Beeilen wir uns.«

Er setzte sich hinters Steuer und warf die Tür zu, Miriam stieg ein und winkte Till zu. Mit einem Brummen signalisierte ihr Handy den Eingang einer Mitteilung. Sie öffnete sie.

»Hat er dir etwa einen Abschiedsgruß geschickt?«, fragte Bastian ungläubig.

»Das war nicht Till. Die Nachricht kommt von Drosten. Sie sind in voller Stärke im Hubschrauber unterwegs und treffen wohl gegen halb drei in Hamburg ein.«

»Wäre schön, wenn wir bis dahin eine Verhaftung

vorweisen könnten. Vielleicht hilft uns das Schicksal mal auf die Sprünge.«

»Wir werden sehen. Was hältst du von Amelie? Ist dir aufgefallen, dass sie dir mehr vertraut hat als mir? Das war ja schon fast ein Flirt.«

Bastian grinste. »Bin eben ein attraktiver Kerl. Ich kann sie verstehen.«

»Natürlich, du heißer Typ.«

»Sie wirkte ziemlich schuldbewusst. Hoffentlich kommt sie damit klar, falls wir keinen Erfolg haben.«

»Das hoffe ich auch. Sie wusste nicht allzu viel.«

Er brummte zustimmend. »Für mich führt kein Weg an einem öffentlichen Aufruf vorbei. Und selbst der sorgt nicht unbedingt dafür, dass alle von Klaibers Freundinnen davon erfahren. Einen weiteren Austausch müssen wir unter allen Umständen verhindern. Schon allein wegen Amelie.«

Überrascht schaute sie ihren Partner an.

Der zuckte mit den Achseln. »Es gefällt mir nicht, Frauen so verzweifelt zu sehen«, sagte er. »Falls Sofie Klaiber stirbt, wird dieser Leo es nicht leicht haben. Dann wird sie sich verzweifelt an ihn klammern, nur um zu vergessen. Keine gute Basis für ihre Beziehung.«

31

0 Uhr 52

Der verängstigte Blick in Sofies Augen erregte ihn. Die Frauen in seiner Gewalt reagierten immer ähnlich. Angst, Verwirrung, manchmal ein Hauch Kampfeslust, Verzweiflung. Diese Mischung wirkte auf ihn so belebend wie ein dreifacher Espresso. Einfach nur herrlich. Amelie war die Einzige gewesen, die ganz offenbar strategisch ihre Situation überdacht und gut gelöst hatte.

»Die Spielregeln habe ich dir ja in groben Zügen erklärt«, sagte er. »Du bist in meiner Gewalt, weil deine gute Freundin Amelie mir deinen Namen genannt hat. Ich habe dein Profil geprüft und dich für würdig erachtet. Gratuliere! In ungefähr siebzehn Stunden feiern wir Vermählung.« Er kicherte. »Allerdings bin ich wie eine Schwarze Witwe, du wirst diese Hochzeit leider nicht überleben. Trotzdem könnte es dir zumindest ein bisschen Spaß machen. Ich geb mir Mühe, das verspreche ich.«

»Tun Sie mir das nicht an!«, wisperte sie.

Er hob den Zeigefinger. »Es gibt eine Chance für dich, aus der Misere rauszukommen. Du musst dasselbe tun wie Amelie und mir den Namen einer Freundin nennen, die wir gegen dich austauschen. Wenn sie mir gefällt, können wir darüber reden.«

»Ich habe Ihnen nichts getan«, jammerte Sofie.

»Und ich dir auch noch nicht«, erwiderte er gelangweilt.

»Ich kann das keiner Freundin antun.«

»Das ist völlig okay für mich.« Er berührte ihren Fußknöchel. Sie zuckte zusammen. »Herrlich!«, sagte er. »Wie du körperlich auf mich reagierst – eine wahre Freude.«

»Tut mir leid«, flüsterte sie.

»Ich meine das ernst. Mir gefallen verängstigte Frauen. Kein Grund, sich zu schämen.« Er warf ihr höhnisch einen Luftkuss zu. »Um fair zu sein, muss ich dich auf einen Nachteil hinweisen, den du gegenüber Amelie hast. Deine Freundin dufte mir jeden Namen aus ihrer Kontaktliste nennen. Ich hätte allenfalls wegen des Aussehens Einspruch erhoben, sonst nicht. Bei dir ist das etwas anders.«

»Ich rufe niemanden an«, sagte sie.

»Eine noble Einstellung. Ob du das durchhältst, je näher achtzehn Uhr rückt? Wir werden sehen. Außerdem muss mir deine auserwählte Freundin ...«

»Ich rufe niemanden an«, wiederholte sie.

»Ich hab's verstanden«, sagte er laut. »Halt deine Klappe, verdammt! Also: Deine auserwählte Freundin muss mir optisch gefallen ... und noch eine Bedingung erfüllen. Sie darf nicht mit Amelie befreundet sein. Du nennst mir also einen Namen, den ich nicht nur in deinem Whatsapp, sondern auch in Amelies Liste prüfe. Die Gefahr, dass die Bullen eure gemeinsamen Freundinnen zuerst alarmieren, ist mir zu groß. Kapierst du das? Und wenn du es wagst, niemanden anzurufen, würde mich das verdammt wütend machen.«

Sofie erwiderte kurz seinen Blick, ehe sie zu Boden sah und schwieg.

»Halt dich ruhig für was Besseres. Aber glaub mir. Das ist nicht mein erstes Mal. Ich habe so viel über die weibliche Psyche gelernt. Du wirst in Versuchung geraten, einen Anruf zu tätigen.« Er stand auf und beugte sich über den Beifahrersitz. Im Fußraum lag eine Tasche, die er heraushob. Er stellte sie zwischen sich und Sofie. »Falls du schnell deine Meinung änderst, muss ich dich um Geduld bitten. Ein nächtlicher Anruf würde nur Misstrauen wecken. Deswegen ist es besser, wenn wir jetzt eine Mütze Schlaf kriegen. Leider kann ich dich nicht losbinden, es ist also ein bisschen unbequem. Trotzdem solltest du zumindest ein bisschen dösen.«

Er öffnete den Reißverschluss und zog zwei Decken und flache Kopfkissen aus der Tasche. Zuerst bereitete er seine Schlafgelegenheit vor. Die Decke nutzte er lediglich als eine Art Matratze. Er legte sich dicht an die Sitzbänke, um nicht in Reichweite seiner Gefangenen zu sein. Eine böse Überraschung im Schlaf wollte er sich ersparen.

Schließlich klemmte er ein Kopfkissen zwischen ihren Kopf und die Fahrzeugwand, zog ihr lächelnd die Schuhe aus und deckte sie zu.

In diesem Moment fiel Scheinwerferlicht durch die Windschutzscheibe in den Transporter.

»Scheiße!«, fluchte er leise. Er griff in seine Jackentasche und nahm die Pistole heraus.

32

Genau vor der Abzweigung auf dem Feldweg stand ein Streifenwagen. Direkt dahinter hatte ein zweiter Wagen Stellung bezogen und so jede Fluchtmöglichkeit blockiert. Bastian und Miriam stiegen aus. Einer der Uniformierten kam ihnen entgegen.

»Hübner?«, vergewisserte sich Miriam.

Der Mann nickte. »Wir sind vor vier Minuten eingetroffen«, erklärte er. »Die Verstärkung war fast gleichzeitig vor Ort.«

»Sind Sie den Feldweg entlanggefahren?«, wollte Bastian wissen.

»Nein. Wir haben uns an Ihre Vorgaben gehalten.«

»Sehr gut!«, lobte Miriam ihn. »Dann machen Sie uns bitte den Weg frei. Wir fahren da entlang. Wenn wir rasch Ihre Unterstützung brauchen, hupen wir, ansonsten melde ich mich übers Telefon. Wie ist Ihre Nummer?«

Hübner nannte sie ihr, und Miriam tippte sie ins Handy ein. Anschließend stiegen sie in die Fahrzeuge. Der Streifenwagen gab den Weg frei. Bastian steuerte sein Auto in den Feldweg. Anfangs war der noch flach, doch nach einigen

Metern traten bereits die ersten Schlaglöcher auf. Bastian verringerte die Geschwindigkeit.

»Falls der Lieferwagen da steht, sieht der Fahrer uns, bevor wir ihn sehen«, warnte er.

»Aber er kann hoffentlich nicht abhauen, vorausgesetzt, das hier ist eine Sackgasse.«

Bastian folgte dem Weg, der eine Kurve beschrieb. Am Ende des Scheinwerferkegels tauchte eine Scheune auf.

»Schade«, brummte er. »Niemand da.«

Miriam rief bei Hübner an, um ihn in Kenntnis zu setzen und anzukündigen, dass sie kurz die Umgebung prüfen würden. Dann nahm sie aus dem Handschuhfach die Taschenlampe, die Bastian immer dabeihatte, und stieg aus. Sie leuchtete den Boden ab, auf dem deutlich Reifenspuren zu erkennen waren, die bis in die verfallene Scheune führten.

»Hier hat jemand geparkt«, stellte Bastian fest. »Wer weiß, vielleicht sind wir nur ein paar Minuten zu spät.«

»Es würde alles gut passen. Die Strecke zur Alster ist ungefähr so lang, wie es Amelie vorkam. Und als vorübergehendes Versteck ist das nicht schlecht. Von der Hauptstraße nicht einsehbar, außerdem abgelegen.«

Bastian nickte. »Wenn hier der Entführer geparkt hat, ist er weitergezogen.«

Miriams Handy brummte. »Eine Nachricht von Drosten«, sagte sie nach einem Blick darauf. »Der Pilot schätzt, dass sie um zwei Uhr zwanzig ankommen.«

»Wo landen sie eigentlich?«

»Keine Ahnung. Ich frage ihn. Wir sollten auf jeden Fall bei ihrer Landung vor Ort sein. Und einen zweiten Wagen aus LKA-Bestand organisieren. Die Wiesbadener brauchen einen fahrbaren Untersatz. Schaffen wir das noch rechtzeitig?«

33

Die Scheinwerfer verschwanden wieder. Er hielt die Luft an und lauschte. Nichts passierte. Nach einer Weile entspannte er sich. Er steckte die Waffe zurück in die Jackentasche und hängte die Jacke über den Beifahrersitz. Anschließend nahm er sein Smartphone zur Hand und legte sich auf das provisorische Bett. Dabei drehte er seiner Gefangenen die Seite zu.

»Dann wollen wir mal sehen, ob ich Kandidatinnen finde, die wir ausschließen können. Ganz schön schwierig, weil ich mir nicht eure Whatsapps nebeneinander anzeigen lassen kann.«

Sie mied den Blickkontakt zu ihm. Er gähnte und hielt sich viel zu spät die Hand vor den Mund. Zuerst öffnete er Amelies Kontaktdatenbank. Mehrfach las er leise die Namen der Frauen vor, um sie sich besser einzuprägen. Nach ein paar Minuten wechselte er zu Sofies Kontakten und begutachtete sie sorgfältig. Einen davon erkannte er wieder.

»Ricarda«, murmelte er.

Sofie zeigte keine Reaktion. Er rief das Profilbild der

Frau auf und fertigte einen Screenshot an. Danach kehrte er wieder zu Amelies Kontakten zurück und scrollte zum Eintrag *Ricarda*. Es handelte sich um dieselbe Frau.

»Okay, eure gemeinsame Freundin Ricarda scheidet aus. Die kannst du dir direkt aus dem Kopf schlagen.« Wieder gähnte er. »Verdammt anstrengend. Sei froh, dass du das nicht für mich erledigen musst.«

Erneut scrollte er durch die Kontaktlisten und flüsterte Namen.

»Kennst du das Spiel Memory? Bestimmt, oder? Wer kennt das nicht? Das ist hier so ähnlich. Man muss ein tolles Gedächtnis haben, und ich glaube, eine gewisse Johanna Schwarz taucht bei euch beiden auf.« Er überprüfte seine Vermutung und nickte zufrieden. »Johanna ist raus und wird nie erfahren, was ihr hätte blühen können.« Erneut gähnte er. »Bist du auch so müde?«

Wieder ging er die Listen durch. Eine dritte Übereinstimmung fand er jedoch nicht.

»Morgen früh, wenn ich mich fitter fühle, wiederhole ich das. Will ja schließlich niemanden übersehen. Jetzt verschwimmen die Namen schon vor meinen Augen. Das bringt ja alles nichts.«

Er legte das Handy neben seinem Kopf ab.

»Du solltest wirklich versuchen, ein bisschen zu schlafen. Viel unbequemer als in einem Flugzeug ist es hier auch nicht. Gute Nacht, Süße. Träum was Schönes.«

Er schloss die Augen.

34

Sofie starrte zum Handy. Es war gar nicht so weit entfernt, vielleicht könnte sie es vorsichtig mit dem Fuß zu sich ziehen. Vorausgesetzt, er würde wirklich tief genug schlafen. Sie veränderte ihre Position etwas, um die Beine besser einsetzen zu können. Er öffnete halb die Augen.

»Mach's dir bequem. Das ist gut«, nuschelte er.

Sofie wartete, bis er wieder zu schlafen schien. Ob sie es wirklich schaffen würde, das Handy mit dem Fuß heranzuziehen? Hoffentlich war das Gerät nicht passwortgeschützt. Könnte sie den Notruf nicht in jedem Fall wählen?

Sein Atem ging immer gleichmäßiger.

Wäre es möglich, ihm gegen den Kopf zu treten? Unwahrscheinlich, denn er lag ein Stück zu weit von ihr entfernt. Und da er ihr die Schuhe ausgezogen und sie weggestellt hatte, könnte sie ihn ohnehin nicht ernsthaft verletzen. Dazu wäre ein Schuhabsatz geeigneter. Das Smartphone war ihre beste Chance.

Seine Lippen öffneten sich leicht. Er atmete ein und wieder aus, ein, aus.

Sie musste es einfach probieren, selbst wenn er sie bestrafen würde. Die Vorstellung, eine Freundin zu ihm zu locken, war unerträglich. Wie hatte Amelie das bloß übers Herz gebracht? Sofies Selbsterhaltungstrieb würde niemals so groß sein, davon war sie fest überzeugt.

Ganz vorsichtig streckte sie das Bein unter der Decke aus. Sie raschelte kaum vernehmlich. Er regte sich nicht. Sie wartete kurz, ehe sie das Bein noch weiter reckte und dafür ein wenig ihre Position veränderte. Die verdammten Handschellen klirrten minimal, doch er schien das nicht zu registrieren. Noch kam sie nicht ans Telefon, es fehlten nur ein paar Zentimeter. Sie drehte die Hüfte. Es könnte tatsächlich klappen. Leise holte sie tief Luft und hielt dann den Atem an. Millimeter für Millimeter kamen ihre Zehen dem Gerät näher. Schließlich berührte sie es und atmete lautlos aus.

In dieser Sekunde riss er die Augen auf und schlug auf ihren Fuß. Sie schrie – mehr jedoch aus Frustration. Erneut versetzte er ihrem Fuß einen Schlag. Dann lachte er. Sie winkelte das Bein an.

»Was für ein Spaß!«, verhöhnte er sie. »Du hast wirklich geglaubt, ich wäre so dumm und würde das Handy in deiner Reichweite liegen lassen. Oh Mann! Wie doof kann man sein?«

Tränen der Enttäuschung schossen ihr in die Augen.

»Und jetzt weint sie auch noch. Arme, unschuldige Sofie. Das Schicksal ist so ungerecht. Wie hat dir das Amelie nur antun können? Deine gute Freundin Amelie.«

Es machte ihm offensichtlich Spaß, sie zu verhöhnen.

»Fick dich!«, zischte sie.

Er grinste breit. »Na endlich zeigst du mir das Raubkätzchen in dir. Aber fürs Ficken musst du noch ein paar Stunden warten. Das kommt früh genug. Vertrau mir!«

Er nahm das Telefon und schob es sich in die Hosentasche. Dann spitzte er seine Lippen zum Kuss.

»Gute Nacht, meine Schönheit. Versuch erst gar nicht, mir Ärger zu machen. Das bringt dir bloß Schmerzen.«

35

2 Uhr 17

Der Hubschrauber schwebte nur knapp über dem Boden. Miriam zählte insgesamt vier Personen in der Maschine. Neben dem Piloten zwei Männer und eine Frau. Obwohl sie alle große Kopfhörer trugen und ihre letzte Begegnung fast anderthalb Jahre zurücklag, erkannte Miriam die Wiesbadener sofort wieder.

Die Hubschrauberkufen berührten den Boden. Instinktiv trat Miriam ein paar Schritte zurück. Trotzdem brachte die von den Rotoren aufgewirbelte Luft ihr Haar in Unordnung. Die Insassen nahmen die Kopfhörer ab. Die Seitentür öffnete sich. Zuerst sprang Lukas Sommer heraus. Verena Kraft und Robert Drosten folgten. In gebückter Haltung kamen sie zu Miriam und Bastian. Alle begrüßten einander.

»Gehen wir zu den Parkplätzen«, rief Bastian im Rotorenlärm und deutete in die entsprechende Richtung.

»Wir haben für Sie einen Wagen aus dem Bestand des

LKAs organisiert«, erklärte Miriam auf dem Weg zu den zwei nebeneinander parkenden Autos. »So sind wir unabhängig voneinander.«

»Das ist perfekt!«, sagte Drosten.

»Fahren Sie uns einfach hinterher, und wir reden im Präsidium. Okay?« Miriam gab Drosten den Fahrzeugschlüssel, der ihn prompt an Kraft weiterreichte.

»Die Fahrt dauert keine fünf Minuten«, kündigte Bastian an.

In ihrem Büro hießen Miriam und Bastian die Wiesbadener Gäste richtig willkommen. Die bedankten sich noch einmal für die Kontaktaufnahme und den Wunsch nach sofortiger Kooperation. Abwechselnd berichteten Miriam und Bastian, was sich in den Abendstunden zugetragen und was sie nach Amelies Befreiung ermittelt hatten.

»Dass der Entführer den Namen des Freundes kannte, ist aufschlussreich«, stellte Drosten fest. »Wir gehen auch in den beiden anderen Fällen davon aus, dass die Erstentführten keine Zufallsopfer waren. Sie liefern uns dafür eine zusätzliche Bestätigung. Wenn der Täter solches Detailwissen besitzt, muss er sie zuvor ausspioniert haben.«

Miriam nickte. »Wie war der Beziehungsstatus der Frauen in den anderen Städten?«

»Frau Nufer aus Bochum war Single«, erklärte Kraft. »Sie hat sich vier Monate zuvor von ihrem Freund getrennt.«

»Einvernehmlich?«, hakte Miriam nach.

»Nein«, sagte Sommer. »Wir haben den Ex unter die Lupe genommen, aber es sprach nichts für seine Tatbeteiligung. Er hat zwar in den ersten Wochen die Trennung nicht akzeptiert, ihr aber ungefähr zwei Monate vor der Entführung nicht mehr nachgestellt. Nufer hat sich nach dem

Beziehungsende über Tinder und andere Apps mit ein paar Männern verabredet, einige hatten sich mehr versprochen, als passiert ist. Bisher wirkte keiner auf uns verdächtig.«

»Und in München?«, fragte Bastian.

»Greta Hebecker lebt in einer stabilen, homosexuellen Beziehung«, antwortete Drosten. »Sie hatte ihr Coming-out relativ spät, erst anderthalb Jahre vor der Entführung. Damals hatte sie sich frisch von ihrem Freund getrennt und ihre jetzige Lebensgefährtin kennengelernt.«

»Haben Sie den Ex unter die Lupe genommen?«, wollte Miriam wissen.

»Ist nichts bei rumgekommen«, antwortete Kraft. »Er war zwar nicht begeistert, als er erfahren hat, wohin sich seine Ex nach zwei gemeinsamen Jahren orientiert hat, aber er wünschte ihr alles Gute.«

Bastian strich sich über das unrasierte Gesicht.

»Ich sehe, Sie denken in dieselbe Richtung wie wir«, stellte Drosten fest. »Wie ist es um die aktuelle Beziehung von Frau Rorig bestellt?«

»Das Paar hatte letzten Herbst eine Krise, eventuell hatte sie sogar eine Affäre mit einem Patienten ihrer Physiotherapiepraxis. Aber momentan war angeblich alles gut zwischen ihnen«, erklärte Miriam.

»Also haben wir es in allen drei Fällen mit nicht ganz einfachen Beziehungsgeschichten zu tun«, stellte Drosten fest. »Ist ja leider eher die Regel statt die Ausnahme.«

»Das stimmt«, sagte Miriam. »Trotzdem ergibt es Sinn, das im Hinterkopf zu behalten. Wie stößt der Entführer auf die ersten Opfer? Sie scheinen ihm ja gar nicht so wichtig zu sein. Er hat sie jetzt schon dreimal ausgetauscht. Nie endete die Frist mit den Frauen, die er zuerst entführt hat.«

»Richtig«, meinte Drosten. »Unser Täter scheint flexibel zu sein, was seine Auswahl anbelangt. War Klaiber die erste Person, die Rorig für den Austausch vorgeschlagen hat?«

»Ja«, bestätigte Miriam. »Angeblich hat er sich kurz das Profilfoto auf Whatsapp angesehen und sofort sein Okay gegeben.«

Drosten fuhr sich mit dem Finger über die Augenbraue und starrte ins Leere. »Die Rettung von Klaiber ist genauso wichtig wie die Verhinderung eines weiteren Austausches. Wenn es dem Täter gelingen sollte, hier in Hamburg eine dritte Frau in seine Gewalt zu bekommen, stehen wir wieder ganz am Anfang.«

»Und haben viel Zeit verloren«, fügte Miriam hinzu. »Das sehen wir wie Sie.«

»Die nächsten Stunden sind entscheidend«, fuhr Drosten fort. »Frau Rorig liegt im Krankenhaus?«

»Im UKE«, antwortete Bastian. Als er Drostens Blick bemerkte, fügte er noch hinzu: »Uniklinik Eppendorf.«

»Ich habe Ihnen ja von der Beteiligung meines Lebensgefährten erzählt«, sagte Miriam. »Er ist Personenfahnder und geübt darin, Menschen für Tage oder Wochen von der Bildfläche verschwinden zu lassen. Derzeit bemüht er sich darum, einen Unterschlupf für Rorig zu finden, wo sie direkt nach dem Krankenhausaufenthalt untertauchen kann, falls sich ein Shitstorm zusammenbraut.«

Drosten lächelte. »Also haben Sie schon über Vor- und Nachteile einer öffentlichen Fahndung nachgedacht. Wunderbar. Reden wir gleich drüber. Wichtig wäre uns, Frau Rorig bald sprechen zu können. Am besten in den nächsten Stunden.«

»Wenn sie nicht gerade schläft, sollte das kein Problem sein. Sie ist selbst daran interessiert, dass ihre Freundin wohlbehalten gefunden wird.«

»Dann lassen Sie uns über die Möglichkeiten einer öffentlichen Fahndung reden«, schlug Sommer vor. »Die müssten Sie anleiern, also sollen Sie sich damit wohlfühlen.«

»Wir sind uns vermutlich einig darüber, dass wir wohl

nicht alle infrage kommenden Freundinnen Klaibers vorwarnen werden«, sagte Bastian. »Zumindest nicht in der kurzen Zeit.«

Die Wiesbadener nickten oder brummten zustimmend.

»Wenn wir die Medien einschalten, ist die Anzahl der Menschen, die wir erreichen, vermutlich deutlich höher«, fuhr Bastian fort. »Zumal dann die Chance besteht, dass potenziell gefährdete Personen untereinander darüber sprechen.«

»Aber wir sind besorgt, was die Reaktion des Täters anbelangt«, sagte Miriam. »Zu hoffen, er würde nichts mitbekommen, ist wohl ziemlich naiv. Verkürzt er die Frist? Tötet er Klaiber sofort, sobald er sich in die Ecke gedrängt fühlt?« Sie blickte zu Drosten.

Statt seiner ergriff Sommer das Wort. »Kann ich mir nicht vorstellen. Ich schätze, diese 24-Stunden-Frist macht einen großen Teil des Reizes für ihn aus. Das ist wie ein Fußballspiel. Da hört man auch nicht nach dreißig Minuten auf, weil die Rahmenbedingungen stören. Solche Täter leben nicht nur fürs Töten. Die Entführung, das Gefangenhalten, das Heruntersticken der Uhr. Das alles beflügelt seine Fantasie, erregt ihn. Wenn er unseren Aufruf im Internet mitbekommt, wird er wahnsinnig wütend werden. Vielleicht sogar den Frust an Klaiber auslassen und sie misshandeln. Allerdings wird er sie nicht vor achtzehn Uhr töten, da bin ich mir ziemlich sicher.«

»Ja«, sagte Kraft. »Sehe ich genauso.«

Drosten nickte. »Unseren Segen hätten Sie definitiv. Aber wer vom LKA kann das um diese Uhrzeit entscheiden? Wenn wir das machen, sollten die Nachrichten spätestens ab sechs Uhr verkündet werden. Da bleiben gerade einmal drei Stunden.«

Miriam und Bastian sahen sich an.

»Muss das die Pressesprecherin veranlassen?«, fragte sie.

»Du meinst Polizeioberrätin Herten«, vergewisserte sich Bastian.

»Sie hat selbst eine Tochter in Klaibers Alter. Vielleicht hat sie für unseren Schritt mehr Verständnis als der Polizeipräsident«, spekulierte Miriam. »Außerdem hat sie die besten Kontakte zur Presse. Der PP würde sie auch ins Boot holen müssen, und wir verlieren durch ihn bloß weitere Zeit.«

»Okay. Probieren wir's. Übernimmst du das? So von Frau zu Frau?«

36

3 Uhr 05

Polizeioberrätin Karin Herten erwachte beim ersten Klingeln des Telefons. Sie drehte sich instinktiv um, ohne an ihre Katze Wiebke zu denken, die es sich auf der Bettdecke bequem gemacht hatte. Wiebke sprang hinunter und miaute vorwurfsvoll.

»Entschuldige«, sagte Herten leise. »Das ist bestimmt ein Notfall.« Die Nummer auf dem Display war nicht in den Kontakten gespeichert, gehörte allerdings zum Nummernpool des LKA.

»Hallo? Herten! Wer ist da?«

»Hauptkommissarin Decking, LKA. Entschuldigen Sie die nächtliche Störung. Wir müssen sehr dringend mit Ihnen reden.«

»Worum geht's?«

»Die Entführung einer jungen Frau.«

Herten richtete sich im Bett auf. »Sie sprechen hoffentlich nicht von meiner Tochter.«

»Nein. Zum Glück nicht. Können wir eine Videokonferenz starten? Die Wiesbadener KEG ist nämlich ebenfalls vor Ort.«

Herten verstand die Welt nicht mehr. Gestern Abend hatte sie noch nichts von einer Ermittlung in Hamburg gewusst, in die auch die fast schon legendäre Wiesbadener Behörde involviert war. »Schicken Sie mir einen Link. Ich bin in drei Minuten am Laptop.«

Sie stand auf. Sofort strich ihr Wiebke um die Füße. Hoffte sie auf einen nächtlichen Snack?

»Tut mir leid. Du musst dich gedulden.« Herten lief in ihr Arbeitszimmer und setzte sich an den Schreibtisch. Sie startete den Laptop, während ihr Wiebke auf den Schoß sprang.

Herten hörte sich an, was sich in den letzten Stunden zugetragen hatte. Als sie erfuhr, dass der Polizeipräsident noch nicht über die Anwesenheit der Wiesbadener informiert war, musste sie lächeln. Sie hätte an Dorfers und Deckings Stelle genauso gehandelt. Der PP war ein guter Mann, aber keiner, der gern schnelle Entschlüsse traf. Er hätte frühestens am Vormittag Wiesbaden kontaktiert.

»Ist das nicht zu riskant für die Geisel?«, fragte Herten, nachdem sie von den Plänen der öffentlichen Fahndung erfahren hatte.

»Es besteht ein gewisses Risiko«, gab Dorfer zu. »Wir sind uns allerdings einig, dass wir unter allen Umständen einen weiteren Geiselaustausch verhindern müssen.«

»Weil wir sonst wieder von vorn anfangen müssten«, folgerte Herten. »Ich verstehe das Problem.« Sie streichelte ihre Katze, was ihr das Nachdenken erleichterte. »Es ist gleich Viertel nach drei«, murmelte sie.

»Wir würden gerne um sechs Uhr mit den Meldungen

an die Öffentlichkeit gehen«, sagte Drosten. »Ist das zeitlich überhaupt möglich?«

»Wird knapp, erscheint mir aber so gerade eben machbar. Wir müssen allerdings den PP ins Boot holen. Der darf nicht in ein paar Stunden wach werden und im Radio davon erfahren. Dann käme er sich zu Recht übergangen vor.«

»Könnten Sie sich darum kümmern?«, bat Decking. »Das würde uns nur Kapazitäten rauben. Außerdem ... Sie überzeugen ihn bestimmt leichter, dass es eine gute Idee war, die KEG direkt ins Boot zu holen.«

Die Hauptkommissarin guckte fast flehentlich in die Kamera. Herten musste lächeln.

»Sie erinnern mich gerade an meine Katze. Die schaut mich auch immer so an, wenn sie auf ein Leckerchen hofft.«

»Kluges Tier.«

Herten seufzte. »Meinetwegen. Zum Glück haben Sie beide im LKA einen exzellenten Ruf. Das hilft. Ich rufe den PP an und meine Kontakte im NDR und den anderen Hamburger Sendern. Außerdem trommle ich die Zuständigen für die sozialen Medien aus dem Bett. Um sechs Uhr geht die Nachricht über den Äther. Sorgen Sie dafür, dass Klaiber gerettet und der Täter verhaftet wird. Sonst ist Ihr guter Ruf dahin. Wir hören voneinander. Bis bald!«

Herten loggte sich aus. Wieder miaute Wiebke.

»Gleich, mein Liebling. Lass Mama bloß kurz nachdenken.«

Wie könnte sie dem Polizeipräsidenten ihre Entscheidung schmackhaft machen?

37

3 Uhr 32

Till nippte an dem doppelten Espresso, den er sich im Büro zubereitet hatte. Kurz darauf gähnte er trotzdem. Aber an Schlaf war in den nächsten Stunden nicht zu denken. Er hatte es geschafft, ein Zweizimmerapartment für Leo und Amelie zu organisieren. Da das nur mit sofortiger Zahlung möglich gewesen war, hatte er in Vorkasse treten müssen. Der Preis des Apartments war erschwinglich, insofern befürchtete er keine Probleme mit Leo. Dennoch müsste er ihn informieren. Till wählte seine Handynummer.

»Hey«, begrüßte der ihn nach ein paar Sekunden. »Gibt's Neuigkeiten?«

»Bist du noch im Krankenhaus?«

»Nein. In Amelies Wohnung. Mein Schatz bleibt über Nacht im Krankenhaus. Mir wäre es falsch vorgekommen, zu mir zu fahren. Keine Ahnung, warum. Weswegen rufst du an?«

»Wir sollten ein paar Dinge besprechen. Ich habe ein

Zweizimmerapartment für euch gefunden. Das könnt ihr schon ab acht Uhr morgens beziehen. Der erste Tag kostet fünfundneunzig Euro, jede weitere Übernachtung siebzig. Ist das für euch zu stemmen?«

»Ja«, sagte Leo. »Im schlimmsten Fall kann ich das allein übernehmen. Ich weiß nicht, wie gerade Amelies Kontostand ist. Zumindest ich hab ein paar Reserven auf dem Konto.«

»Was hältst du davon, wenn ich jetzt zu dir komme?«

»Gerne. Ich kann eh nicht schlafen. Mir fällt die Decke auf den Kopf.«

Leo wartete an der Wohnungstür auf Till. Die beiden Männer nahmen sich kurz in den Arm. Leo wirkte kraftloser als sonst.

»Gehen wir ins Wohnzimmer«, schlug er vor. »Ich hab Kaffee aufgesetzt. Willst du eine Tasse?«

»Hab nichts dagegen«, sagte Till.

»Schwarz? Milch? Zucker?«

»Ein bisschen Milch.« Till ging schon einmal ins Wohnzimmer und setzte sich auf die Couch. Leo hatte alle Lampen angeschaltet. Wollte er so bloß seine Müdigkeit in Schach halten oder seine trübe Stimmung?

Mit zwei gefüllten Tassen kam Leo zu ihm und reichte ihm eine.

»Du siehst deprimiert aus«, stellte Till fest. »Das wundert mich. In erster Linie solltest du glücklich sein.«

Leo setzte sich ebenfalls auf die Couch und nippte am Kaffee. »Bin ich undankbar?«, fragte er leise.

»Bist du's?«, erwiderte Till.

Leo schien darüber nachzudenken, und Till ließ ihm Zeit. Warum war er trotz der Rettung so deprimiert? Lag das bloß am Schlafmangel und dem ungewissen Ausgang der zweiten Entführung, oder steckte mehr dahinter?

»Scheiße«, brummte Leo. »Du hast recht. Was gibt's Wichtigeres als Amelies Unversehrtheit? Sie ist in Sicherheit. Das hätte alles ganz anders ausgehen können.« Wieder trank er einen Schluck.

»Trotzdem deprimiert dich etwas.«

»Ich befürchte, Amelie wird das alles traumatisieren. Besonders, wenn Sofie nicht gerettet wird. Wie soll sie mit dieser Schuld umgehen?«

»Sie trägt daran keine Schuld.«

Leo lachte bitter auf. »Nett, dass du das sagst. Aber wir wissen es besser.«

»Nein. Es ist einzig die Schuld des Täters. Opfer haben niemals etwas falsch gemacht.«

»Sie hat ihre Freundin Sofie ans Messer geliefert«, widersprach Leo. »War das okay?«

»Es war in der Situation das Beste, was Amelie machen konnte. Ein guter Schachzug aus der Bedrängnis heraus. Die Spezialisten aus Wiesbaden sind vor rund einer Stunde eingetroffen.«

»Wirklich? So früh?«

»Ja. Und das war nur möglich, weil sich Amelie befreien und die Polizei alarmieren konnte.«

»Wo sind sie?«

Till schaute auf die Uhr. »Als ich zuletzt von Miriam gehört habe, waren sie auf dem Weg ins Krankenhaus. Ich schätze, sie reden gerade mit Amelie.«

»Was?«, fragte Leo. »Sie braucht Schlaf. Hätte das nicht ein paar Stunden warten können?«

»Leo, jede Minute zählt. Wir dürfen keine Zeit verlieren. Du sagst selbst, wie wichtig Sofies Rettung für Amelie ist. Ich schätze, vom Krankenhaus kommen sie hierher, um mit dir zu reden. Auch wenn ich das noch nicht konkret mit Miriam besprochen habe.«

»Oh Mann! Aber ...« Hilflos zuckte er die Achseln. »Dieses Schwein! Wie konnte er ihr das bloß antun?« Er stellte die halbvolle Kaffeetasse auf den Couchtisch und stützte die Stirn auf die Hände.

»Was bedrückt dich?«, fragte Till.

»Wie soll Amelie damit umgehen, wenn Sofie stirbt? Verrat mir das! Und sag bitte nicht, es sei zu früh, sich darüber den Kopf zu zerbrechen. Bis achtzehn Uhr dauert es nicht mehr lange.«

»Warten wir's ab. Ich bin nicht so pessimistisch wie du.«

»Was für eine Auswirkung hat das auf unsere Beziehung, wenn sich Amelie wegen ihrer Schuldgefühle total verändern wird?« Leo sah Till verzweifelt an.

»Du malst zu schwarz. Deine Rolle ist es, ihr in nächster Zeit den Rücken zu stärken. Für sie da zu sein. Ihr moralisch Rückhalt zu geben.«

»Du verstehst es nicht.«

»Was versteh ich nicht?«

»Wir wären schon beinahe an der letzten Krise gescheitert. Warum soll es uns diesmal besser gehen?«

»Weil du damals den Verdacht hattest, dass sie dich betrügt. Diesmal ist es nicht ihre Schuld.«

»Ich weiß nicht, ob ich das kann. Glaub mir, ich bin glücklich über ihre Rettung. Trotzdem denke ich, sie hätte sich nicht einlösen dürfen. Ich kenne diese Sofie fast gar nicht. Aber ich frage mich, wie es für mich wäre, wenn du mich so benutzt hättest und ich deinetwegen jetzt um mein Leben fürchten müsste.« Er tippte sich an die Schläfe. »Hier drinnen höre ich eine kleine Stimme, die der Meinung ist, Amelie war zu egoistisch.«

»Das sehe ich anders. Aber okay, ich kann dir meine

Sicht nicht aufzwingen. Was passiert, wenn du damit nicht umgehen kannst?«

»Genau das beschäftigt mich.«

»Leo, ganz ehrlich, niemand zwingt dich dazu, für den Rest deines Lebens mit Amelie zusammen zu bleiben.«

»Bist du dir sicher?«

»Hundertprozentig. Es wäre nicht fair von dir, in den nächsten Wochen einen Schlussstrich zu ziehen. Das könnte ihr das Herz brechen. Sie braucht dich vorläufig, davon bin ich überzeugt. Aber in ein paar Monaten, falls es wirklich nicht mehr zwischen euch funktioniert? Du bist ein freier Mensch. Niemand kann dich zwingen, bis zu deinem Lebensende an ihrer Seite zu bleiben. Und Amelie würde das auch nicht von dir verlangen.«

»Du kennst sie nicht. Ich schätze, genau das wird sie erwarten. Unser Umfeld genauso. Alle, die davon erfahren werden.«

»Da bist du zu pessimistisch. Wart's ab. Sofie wird gerettet, dann verringern sich Amelies Schuldgefühle.«

»Geht die Polizei an die Öffentlichkeit?«

Sollte er Leo einweihen? Oder war es besser, ihn zumindest noch eine Weile im Unklaren zu lassen? Allerdings würde er dadurch nur ein paar Stunden Zeit gewinnen. »Wenn alles glatt läuft, gehen um sechs Uhr morgens die ersten Meldungen über die Radionachrichten raus.«

»Scheiße! Das ist nicht gut.«

»Deswegen hab ich euch ja das Apartment besorgt. Ihr könnt um acht einziehen. Bis dahin hat niemand erfahren, wie Amelie in die Sache verstrickt ist. Ich kann dir nicht versprechen, dass es dabei bleibt. Genau deshalb solltet ihr ja eine Weile untertauchen. Das war der Plan.«

Leo griff zur Tasse und trank einen Schluck. Er verzog den Mund. »Kalter Kaffee«, brummte er und stellte sie wieder ab.

»Hab Vertrauen in die Polizei. Ich weiß, wie gut Miriam und Bastian sind. Und die Wiesbadener sind absolute Spezialisten, wenn es um solche Fälle geht.«

Leo klopfte dreimal auf den Holztisch. »Hoffentlich behältst du recht. Was ist das für eine Wohnung? In welchem Stadtteil liegt sie?«

»Ich kann dir Fotos zeigen.«

Till zog sein Handy aus der Hosentasche, rief die Seite des Ferienwohnungsanbieters auf und reichte seinem Freund das Gerät. Der scrollte sich durch die Bilder.

»Sieht hübsch aus«, sagte er nach dem fünften Foto. »Hast du gut ausgesucht. Und der Preis ist in Ordnung.«

»Das hör ich gern.«

Tills Handy klingelte.

»Das ist Miriam.« Leo reichte ihm das Gerät.

»Hi!«, begrüße Till sie. »Ich bin bei Leo in Amelies Wohnung. Wo seid ihr?«

»Wir kommen gerade aus dem Krankenhaus. Die Wiesbadener Kollegen würden jetzt gern mit Leo sprechen. Fragst du ihn, ob das okay ist?«

»Moment!« Till hielt sich das Smartphone vom Ohr. »Miriam will wissen, ob sie mit den Spezialisten herkommen kann.«

»Klar«, antwortete Leo. »Wieso nicht?«

38

Till öffnete Miriam, Bastian und den Wiesbadener Gästen. Er stellte sich kurz vor, dann führte er sie ins Wohnzimmer, wo Leo wartete.

»Wir waren gerade bei Ihrer Freundin im Krankenhaus«, sagte Drosten. »Sie hat uns über alles informiert, und einiges davon war neu für uns. Es ist immer gut, Informationen aus erster Hand zu erhalten.«

»Ist Amelie etwas eingefallen, das Ihnen weiterhilft?« Er blickte zu Miriam.

»Nein«, antwortete sie. »Deine Freundin war allerdings auch kurz vor unserem Eintreffen eingeschlafen. Wir mussten sie wecken. So etwas wirkt sich nicht gut aufs Erinnerungsvermögen aus.«

»Oh nein. Die Ärmste.« Leo warf den Wiesbadenern einen vorwurfsvollen Blick zu. »Und jetzt?«

»Wir haben beschlossen, ab sechs Uhr an die Öffentlichkeit zu gehen«, erklärte Drosten. »In erster Linie konzentrieren wir uns dabei auf Frau Klaiber. Es wäre für die Ermittlungen nachteilig, falls es dem Mörder gelingt, eine weitere Frau auszutauschen. Das wollen wir unter allen Umständen verhindern.«

Leo nickte.

»Trotzdem wird auch Amelies Identität öffentlich gemacht«, fuhr Miriam fort. »Wir tun alles, um Nachteile möglichst kleinzuhalten. Aber es ist nicht ausgeschlossen, dass sich ein Teil der öffentlichen Meinung gegen Amelie wenden wird.«

»Ein Shitstorm«, flüsterte Leo.

»Im schlimmsten Fall«, bejahte Miriam.

»Ihr solltet die sozialen Medien in den nächsten Tagen meiden«, schlug Till vor. »Traust du es dir zu, sie abzulenken?«

»Ich werde an Amelies Seite sein«, versprach er.

»Das klingt gut«, sagte Till. »Am besten ruhst du dich jetzt ein paar Stunden aus. Amelie wird im Krankenhaus sicher auch schlafen. Je ausgeruhter ihr beide seid, desto besser. Schaffst du es, bis halb acht fertig zu sein? Dann hole ich erst dich ab, wir fahren ins Krankenhaus, und ich bringe euch von dort in die vorübergehende Unterkunft.«

»Wenn du mir die Adresse gibst, kann ich allein dorthin …«

»Ich würde das lieber übernehmen. Unterwegs könnte ich nach Verfolgern Ausschau halten. Ist zwar unwahrscheinlich, aber man weiß ja nie. Darin bin ich geübter.«

»Hat das denn nie ein Ende?«, seufzte Leo.

»Schon bald«, versprach Drosten. »Wir befreien Frau Klaiber und verhaften den Täter.«

»Hoffentlich.« Leo wandte sich Till zu. »Halb acht. Dann gehe ich jetzt ins Bett. Soll ich euch noch zur Tür bringen?«

39

Draußen an den Fahrzeugen stellte sich Till ausführlich vor und zeigte sich beeindruckt von den Informationen, die er über die KEG im Internet gefunden hatte.

Lukas Sommer lächelte amüsiert. »Wir haben unterwegs ebenfalls etwas über Sie gelesen. Der Fall Franka Spannberg war ja nicht der einzige, mit dem Sie es in die Öffentlichkeit geschafft haben. Beinahe wären wir uns übrigens damals über den Weg gelaufen. Wir waren schon über die Vorgänge informiert. Damals haben Kompetenzstreitigkeiten unsere Beteiligung verzögert.«

»Das ist einer der Fälle, an die ich nicht gern zurückdenke«, bekannte Till. »Ich habe durch Spannberg einen guten Freund verloren.«

»Und ich einen Partner«, brummte Bastian.

»Ja, auch das haben wir herausgefunden«, sagte Drosten.

»Wer weiß, wo Miriam sonst gelandet wäre und ob ...« Bastian zuckte mit den Achseln und schaute von Miriam zu Till.

»Alte Geschichten«, murmelte Till. »Konzentrieren wir

uns aufs Wesentliche. Ein paar Fragen lassen mir keine Ruhe. Warum ausgerechnet Amelie? Wieso gestern Abend? Gibt es in den beiden anderen Fällen Hinweise darauf, dass Partner oder Ex-Partner in die Entführung des ersten Opfers involviert waren?«

»Halten Sie Leo Füchsel für verdächtig?« Drosten zog die Augenbrauen hoch.

Till ahnte, was er auslösen würde, falls er die Frage jetzt bejahte. Er zögerte. Konnte er mit seinem Argwohn die Ermittlungen in die falsche Richtung lenken? Er wandte sich um und blickte zum Haus zurück. Im verdunkelten Wohnzimmer sah er Leo hinter dem Fenster. Er beobachtete sie. Till hob die Hand, was Leo erwiderte.

»Tun wir so, als würden wir uns voneinander verabschieden«, schlug er vor. »Mir fällt spontan ein Café in St. Georg ein, das um diese Uhrzeit geöffnet hat. Was halten Sie davon, das Gespräch dort fortzusetzen?«

»Einverstanden«, antwortete Kraft. »Gegen eine Ration Koffein habe ich nichts einzuwenden.«

Till streckte die Hand aus. Kraft reagierte zuerst und schlug ein. Ihre Kollegen folgten dem Beispiel.

»Ich fahre vor«, sagte Till.

Er ging zu seinem Wagen und stieg ein. Auf dem Weg in den bahnhofsnahen Stadtteil wälzte er Gedanken. War es falsch, Leo zu verdächtigen? Oder wäre es naiv, ihm nicht zuzutrauen, in die Entführung verwickelt zu sein? Er konnte nicht der Täter sein, zumindest das stand fest. Immerhin hatte er ein perfektes Alibi. Aber der Entführer hatte genau im richtigen Moment auf Amelie gewartet. Bloßer Zufall, oder hatte er gewusst, wann sie das Haus verlassen würde? Und falls ja, woher? Till beschäftigte nicht die Frage, ob Leo der Entführer war. Das war ausgeschlossen. Allerdings könnte er mit ihm unter einer Decke stecken. Dann würde er für alles, was der Täter mit Sofie anstellte, verantwortlich sein.

Nicht weit von dem Café entfernt waren genügend Parkplätze frei. Till wartete draußen, bis die anderen eingetroffen waren. In dem Café saßen einige Nachtschwärmer, entweder allein oder zu zweit. Sechs gleichzeitig auftauchende Personen lenkten die Aufmerksamkeit sofort auf sich. Till lächelte, als sich einer der Gäste abrupt erhob und das Café schon fast fluchtartig verließ.

»Wir sind nicht wegen einem von Ihnen hier«, erklärte Bastian laut, der die Reaktion des Besuchers wie Till einschätzte. Offenbar sah man ihnen ihren Beruf an.

Sie bestellten etwas an der Theke und trugen ein paar Minuten später ihre Getränke zu einem runden Tisch, der genügend Platz bot. Bis dahin unterhielten sie sich über den nächtlichen Helikopterflug.

»Jetzt mal Tacheles«, bat Drosten, nachdem er sich gesetzt hatte. Er nippte an dem doppelten Espresso. »Was genau geht Ihnen durch den Kopf?«

Till legte seine Gedanken dar. »Mich stört, dass der Täter über Amelies Abendverabredung Bescheid gewusst haben muss. Sie hat angeblich niemandem davon erzählt, nichts irgendwo gepostet. Er taucht zur richtigen Uhrzeit an der Haustür auf, um sie zu betäuben und in den Lieferwagen zu schleppen. War er auf dem Weg zu ihrer Wohnung? Das Risiko für ihn, dabei beobachtet zu werden, wäre unermesslich größer gewesen. Erscheint mir also ziemlich unwahrscheinlich. Wie sah es bei den anderen Fällen aus?«

»Der Täter hat die beiden ersten Opfer auf offener Straße abgefangen«, antwortete Drosten. »Einmal direkt nach der Arbeit, das zweite Mal im Anschluss an ein Sporttraining.«

»Also mit weniger Insiderwissen als hier?«, vergewisserte sich Till.

»Zweifelsohne«, bestätigte Drosten. »Wir sind bisher davon ausgegangen, dass der Täter seine Opfer beobachtet hat und daher wusste, wo er sie antreffen würde.«

»Leo und ich haben uns beim Sport kennengelernt. Ich würde ihm das nicht zutrauen, aber ...« Er zuckte mit den Achseln.

Miriam griff den Gedanken auf. »Wie sieht's mit der Möglichkeit einer Nachahmungstat aus?«

Drosten schüttelte den Kopf. »Schließe ich aus. Der Ablauf der Taten ist absolut identisch zu München und Bochum. Viele Details halten wir bislang geheim. Es passt alles ins Muster.«

»Eine Bestrafungsaktion?«, fragte Till. »Leo und Amelie hatten vor einigen Monaten Probleme. Er ist sich ziemlich sicher, dass sie sich für einen ihrer Patienten interessiert hatte. Zwischen den Zeilen klingt das für mich sehr danach, dass er ihr eine Affäre unterstellt. Könnte man eine solche Entführung im Darknet beauftragen?«

»Interessanter Gedanke«, murmelte Sommer. »Das hat in unseren Überlegungen bislang keine Rolle gespielt. Dafür fehlten die Anhaltspunkte.«

Die Wiesbadener schauten sich an.

»Unterstellen wir das mal«, sagte Kraft schließlich. »Ich will meinem Partner oder einer Ex einen furchtbaren Streich spielen. Suche im Internet nach einer Person, die mir das anbietet. Vielleicht sogar bloß gegen kleines Geld und mit der Aussicht, dass es harmlos endet. Eine Lektion fürs Leben, aber nichts, was ihre Gesundheit gefährdet. Alles, was dieser Jemand benötigt, sind Informationen. Der

Partner oder Ex teilt sie ihm mit und kann sich ein perfektes Alibi beschaffen ...«

»... zum Beispiel, indem er sich mit mir trifft«, murmelte Till.

»Erst während der Entführung kapiere ich als Auftraggeber, was ich angerichtet habe. So schlimme Konsequenzen habe ich nicht erwartet«, spann Sommer den Gedanken weiter. »Für meine Freundin oder Ex nimmt es jedoch wie versprochen ein einigermaßen friedliches Ende. Weil sie sich gegen jemanden einlösen kann. Aber es gibt später eine Tote. Für mich als Auftraggeber steht von da an zu viel auf dem Spiel. Wenn ich zur Polizei gehe und alles gestehe, muss ich eine Haftstrafe befürchten. Also schweige ich.«

»Wäre so ein Ablauf auch in den anderen Fällen denkbar?«, fragte Bastian.

»Die Personen aus dem sozialen Umfeld, die unter die Lupe genommen wurden, hatten alle wasserdichte Alibis«, erklärte Drosten.

»Wie Leo«, sagte Till.

Drosten nickte.

»Findet man im Internet jemanden, der das ausführen würde?«, wollte Till wissen.

»Was findet man im Internet nicht?«, erwiderte Sommer. »Robert, das könnte die richtige Spur sein.«

Drosten nickte. »Ich werde die Spezialisten des BKA darauf ansetzen. Sie sollen im Internet nach einem solchen Angebot suchen. Allerdings dürfen wir uns nichts vormachen. In den nächsten Stunden bringt das keine Ergebnisse.« Er schaute auf seine Uhr. »Die Rettung von Frau Klaiber genießt höchste Priorität. Falls uns der Entführer dabei nicht ins Netz geht, hätten wir zumindest einen neuen Ermittlungsansatz.«

»Was passiert in der Zwischenzeit?«, fragte Miriam.

»Die Kollegen, die Streife fahren, sind angewiesen, nach einem weißen Lieferwagen Ausschau zu halten. Allerdings wäre das schon großes Glück, ihn auf diesem Weg zu finden.«

»Großes Glück, aber nicht völlig unwahrscheinlich«, konkretisierte Drosten. »Am meisten verspreche ich mir von dem Öffentlichkeitsaufruf. Menschen, die wir im Berufsverkehr erreichen, können nach dem gesuchten Fahrzeug Ausschau halten. In den sozialen Medien wird es ebenfalls Widerhall finden. Je mehr Leute aufmerksam sind, desto besser für Frau Klaiber.«

»Mit welcher Reaktion des Täters rechnen Sie, falls er es mitbekommt?«, fragte Till.

»Er bekommt es ziemlich sicher mit«, antwortete Drosten. »Wir wissen aus den ersten Städten, dass der Entführer zwischenzeitlich das Radio angeschaltet hatte. Außerdem haben die Überlebenden häufig beobachtet, wie er mit seinem Telefon beschäftigt war. Davon wird er nicht abweichen. Internet und Radio sind seine beiden Informationsquellen.«

»Gerät er in Panik?«, fragte Till.

»Nicht ausgeschlossen. Aber Täter, die panisch reagieren, neigen zu Fehlern«, stellte Sommer fest.

»Ich mache mir eher Sorgen, ob er den Countdown abbricht und Frau Klaiber schon am frühen Morgen tötet.«

Drosten strich sich mit dem Finger über den Nasenrücken. »Eine Garantie, dass das nicht passiert, haben wir nicht. Allerdings würde es nicht dem entsprechen, was wir von diesem Tätertypus erwarten. Das Spiel, Ritual oder wie auch immer Sie es nennen, hat meistens die höchste Priorität. Es geht weniger um das Töten an sich, sondern um die Macht, die der Täter dadurch ausübt. Wenn er Klaiber frühzeitig tötet, gibt er das auf. Und nicht nur das. Statt sich mächtig zu fühlen, würde er sich schwach vorkommen. Ja, ich glaube, er wird in Versuchung sein, Klaiber loszuwerden. Aber er wird dem Drang nicht nachgeben, sondern alles daransetzen, sich bis achtzehn Uhr nicht erwischen zu lassen.«

»Entweder hat er ein perfektes Versteck gefunden, in das er sich nur noch weiter zurückzieht«, fügte Kraft hinzu, »oder er wird den Standort wechseln. Vielleicht sogar öfter als geplant.«

»Was gut wäre wegen der öffentlichen Fahndung nach ihm«, folgerte Till.

»So sieht's aus«, bestätigte Drosten.

Till gingen verschiedene Gedanken durch den Kopf. Besonders beschäftigten ihn zwei Fragen. Würden sie es schaffen, alle Freundinnen von Sofie Klaiber zu warnen? Und war Leo in das Ausgangsverbrechen verstrickt? »Sie vermuten, es könnte dauern, bis Ihnen das BKA Ergebnisse liefert«, sagte er.

»Ja«, erwiderte Drosten. »Ich gehe eher von Wochen als Tagen aus. Wenn überhaupt. Im Darknet googelt man nicht einfach.«

»Falls Leo dahintersteckt, müsste er zuvor Kontakt zu dem Täter aufgenommen haben. Vielleicht war er unvorsichtig genug, digitale Spuren zu hinterlassen.«

»Woran denkst du?«, fragte Miriam. »Für einen Durchsuchungsbeschluss reichen die Verdachtsmomente gegen ihn nicht.«

»Ich hole ihn in ein paar Stunden bei Amelie ab. Bringe ihn zum Krankenhaus, bevor wir in die Ferienwohnung fahren. Ich könnte mir unter einem Vorwand seinen Wohnungsschlüssel geben lassen. Mich würde sein Computer interessieren. Nutzt er einen Tor-Browser? Das wäre ein wichtiger Hinweis, oder? Außerdem könnte ich prüfen, wie viele E-Mail-Adressen er hat. Solche Sachen. Könntet ihr das verwenden, falls ich fündig werde?«

»Er müsste Ihnen die Wohnungsschlüssel wirklich freiwillig geben«, sagte Drosten. »Ohne dass Sie ihn überlisten. Dann hätten Sie zwar noch immer keinen Grund, den Computer zu durchsuchen, aber zumindest ...« Drosten lächelte.

Offenbar wollte er Till nicht verleiten, zu weit zu gehen. Übereifer war in solchen Angelegenheiten meist kontraproduktiv.

»Bestimmt fällt ihm im Nachhinein noch etwas ein, das er für die Ferienwohnung braucht«, sagte Till. »Ich werde ihm anbieten, es zu besorgen.«

»Wie sieht's eigentlich mit Amelie aus?«, fragte Miriam. »Wenn wir ihren Freund als Verdächtigen behandeln, dürfen wir sie dann mit ihm allein lassen?«

»Ich kann mir nicht vorstellen, dass ihr jetzt noch Gefahr droht«, erwiderte Sommer. »Falls Leo dafür verantwortlich ist, hat er sich ein perfektes Alibi besorgt. Warum sollte er sie in diesem Szenario attackieren? Dadurch würde seine Tarnung zusammenfallen. Sie weiß ja von nichts. Hat keinen Verdacht gegen ihn geäußert. Und wenn er unschuldig ist, kann er sie vor einem zweiten Angriff beschützen. Ich kann mir ohnehin nicht vorstellen, dass der Entführer sie noch einmal ins Visier nimmt. Er hat sie als Spielfigur ausgetauscht und das Interesse an ihr verloren. Sie dürfte in Sicherheit sein.«

40

5 Uhr 41

Er schlug die Augen auf und fühlte sich auf Anhieb hellwach. Für ein paar Sekunden lauschte er darauf, ob seine Gefangene irgendwelche Geräusche verursachte. Er lag seitlich zu ihr und hatte ihr den Rücken zugedreht. Sie verhielt sich leise. Ob sie über die heruntertickende Uhr nachdachte? In ungefähr zwölf Stunden würde sie ihrem Schöpfer gegenübertreten, es sei denn, sie traf vorher eine vernünftige Entscheidung.

Er dachte über seine unfreiwilligen Mitspielerinnen nach. Viele von ihnen taten sich schwer, die nötigen Schritte zu unternehmen. Er würde an ihrer Stelle keine Sekunde zögern. Was war wichtiger als das Leben? Die Schuld, eine Freundin in eine potenziell tödliche Falle zu locken, wog sicher schwer. Trotzdem gab es keine andere Möglichkeit, zu überleben. Wie konnte man da überhaupt abwägen?

Er gähnte demonstrativ laut, um Sofie vorzuwarnen.

Dann drehte er sich zu ihr um. Sie starrte ihn mit leicht geröteten Augen an. Offenbar hatte sie in den vergangenen Stunden nicht geschlafen, sondern sinnlose Tränen geweint. Als würden die etwas an ihrer Situation ändern.

»Guten Morgen«, sagte er. »Herrlich, so eine Mütze Schlaf, oder? Da fühlt man sich gleich wie neugeboren.«

Sie erwiderte nichts.

»Ehrlich gesagt, siehst du ziemlich besch... eiden aus.« Er kicherte. »Hast du etwa kein Auge zugemacht?«

»Wie soll ich gefesselt einschlafen?«, entgegnete sie.

»Ja, bequem ist anders«, gab er zu. »Aber mit ein bisschen Mühe.« Er zuckte die Achseln. »Okay, wenn du schon nicht geschlafen hast, dann hast du bestimmt über deine Freundinnen nachgedacht. Wen sollen wir anrufen, um ein Treffen zu arrangieren? Wer ist die Auserwählte?«

»Warum tun Sie mir das an?«

»Herrje, so früh am Morgen schon so melodramatisch. Hast du dich noch immer nicht damit abgefunden? Du würdest das hier leichter akzeptieren, wenn du dich nicht weiter zierst. Überrede eine Freundin dazu, sich mit uns zu treffen, und du kommst frei.«

»Ich kann das nicht.«

»Amelie hatte kein Problem damit, mir deinen Namen zu nennen.«

»Ich bin anders.«

»Anders oder besser als deine Freundin?«, hakte er nach.

»Anders«, wiederholte sie.

Er schüttelte gelangweilt den Kopf. »Wenn du nicht von deinem hohen Ross steigst, wird es dir in zwölf Stunden schlecht ergehen.«

»Sie haben Amelie dazu gezwungen«, flüsterte Sofie. »Warum sonst hätte sie mir das antun sollen? Wir haben keinen Stress miteinander.«

»Ich versichere dir, ich zwinge niemanden von euch, eine Freundin zu verraten. Amelie kannte die Spielregeln, genau wie du. Sie hat ziemlich schnell eingesehen, dass es besser ist, nicht länger meine Gefangene zu sein. Du kannst dieselbe Entscheidung treffen und dein Leben weiterleben. Ich lasse dich frei, genauso, wie ich Amelie freigelassen habe. Nenn mir einfach eine Freundin, die du kontaktieren willst.«

»Nein«, flüsterte sie.

Er lächelte. »Dann freue ich mich sehr darauf, in zwölf Stunden in dich einzudringen und dabei meine Hände um deinen Hals zu legen. Mit jedem Stoß schnüre ich dir etwas stärker die Luft ab. Wenn dir schwarz vor Augen wird, weißt du, dass du es fast geschafft hast. Allerdings bin ich ein Spezialist darin, diesen Moment hinauszuzögern. Ich schätze, zehn bis fünfzehn Minuten wird das schon dauern.«

»Nein«, jammerte sie.

»Oh doch! Es gibt nur einen Weg für dich, das zu vermeiden. Du kennst ihn.« Er schaute auf seine Uhr. »Ich bin eben kurz draußen und pinkle. Musst du auch?«

Sie nickte zögerlich.

»Kein Problem. Für solche Fälle habe ich eine Schüssel dabei. Ich schieb sie dir zu und gehe dann raus. Wag es ja nicht, in der Zwischenzeit zu schreien. Hier hört dich zwar niemand, aber ich müsste dich trotzdem bestrafen. Kapiert?«

Sofie nickte erneut kaum merklich.

Er schaute sich in der Umgebung um. Zu so früher Stunde hatte er noch seine Ruhe. Die Hamburger schliefen oder machten sich bestenfalls gerade für den neuen Tag bereit. Trotz der Uhrzeit war es schon herrlich warm. Das war bei seinen ersten beiden Spielrunden anders gewesen. Vor allem in München hatte er jämmerlich gefroren.

Er dachte über Sofie nach. Sie wirkte noch immer fest entschlossen, sich nicht gegen eine unwissende Freundin einzulösen. War es da überhaupt sinnvoll, die Frist einzuhalten? Zwölf weitere Stunden mit einer widerspenstigen Geisel könnten anstrengend werden. Und immerhin hatte er bereits einen Austausch vorgenommen. Das war das Wichtigste. Es durfte niemals die erste Frau sterben, sonst wäre die Gefahr zu groß, dass die Bullen seiner Methode auf die Schliche kämen. Mit jedem Austausch verkleinerte sich das Risiko. Sobald bei Sofie die Vernunft einsetzte und sie ihm eine dritte Frau zuspielte, wäre die Spur zu Amelie hinreichend verwässert.

Es war spannend, wie weit manche Menschen gingen, wenn sie sich rächen wollten. Jemandem nur einen kleinen Denkzettel verpassen, ein bisschen wehtun, nichts Unumkehrbares. Doch es war wie im echten Leben: *Ein bisschen schwanger* war unmöglich. Ganz oder gar nicht.

Die Dummheit seiner Auftraggeber war seine Versicherung. Wenn sie begriffen, was sie angerichtet hatten, war es für sie zu spät. Dann konnten sie sich nicht bei den Bullen melden, ohne selbst eine empfindliche Haftstrafe zu riskieren. Zweimal war es bereits gut gegangen. Und auch diesmal zweifelte er nicht daran, dass die Person, die ihm alles Wissenswerte über Amelie zugeschickt hatte, kein Geständnis ablegen würde. Es lag in der menschlichen Natur, zunächst die eigene Haut zu retten. Genau deswegen würde Sofie sich auch für eine Freundin entscheiden, selbst wenn sie jetzt noch das Gegenteil behauptete. Je näher die Stunde ihres gewaltsamen Todes rückte, desto stärker würde ihre Moral ins Wanken geraten.

Er erleichterte sich an einem Baum. Wie gern würde er heiß duschen. Auch für ihn brachte die 24-Stunden-Frist

Entbehrlichkeiten mit sich, aber er beklagte sich nicht. Denn zumindest ihm stand in gut zwölf Stunden ein glorreicher Abschluss bevor.

Er kehrte zum Wagen zurück und schob die Seitentür auf. Sein Blick fiel auf die Porzellanschüssel, die er ihr für die Notdurft hingestellt hatte. Sie war mit Urin gefüllt.

»Gut gemacht«, lobte er sie. »Manche deiner Vorgängerinnen waren zu verkrampft und konnten einfach nicht pinkeln. Bis die Natur ihr Recht gewaltsam eingefordert hat. War das eine Sauerei.« Er schauderte. »Aber selbst für diese Fälle habe ich vorgesorgt und immer Ersatzkleidung in petto. Du sollst wissen, ich bin auf alle Eventualitäten vorbereitet.« Er schaute auf seine Uhr. »Gleich laufen die Nachrichten. Interessiert? Hast du einen Lieblingssender?«

Sie blickte ihn an, als würde er eine andere Sprache sprechen.

»Ich meine einen Radiosender. Meine Güte, wie begriffsstutzig bist du? Schalten wir den NDR an, da können wir wohl nichts falsch machen. Wofür zahlen wir schließlich Zwangsgebühren?«

Er griff über die Sitzbank und schaltete das Radio an, das bereits auf den NDR eingestellt war. Da die volle Stunde noch nicht geschlagen hatte, lief Musik. Ein ruhiger Popsong, den er in den letzten Tagen schon öfter gehört hatte. Die schwermütige Nummer gefiel ihm. Lautlos bewegte er den Körper im Takt der Musik. Hoffentlich beobachtete Sofie ihn. Sie sollte sich ausmalen, wie er schlangengleich auf sie zukriechen würde, um sich das zu holen, was er ihr angedroht hatte. Wenn es nach ihm ginge, würde er noch einen Austausch durchführen. Das würde reichen. Sofie müsste ihm einfach nur den Namen einer attraktiven Freundin verraten, der sie vertraute. Dann wäre das eine sehr befriedigende Runde gewesen.

Der Song verklang, und ein Jingle kündigte die Nachrichten an. Die Moderatorin begrüßte ihre Zuhörer. Die erste Meldung führte nach Amerika, wo wieder einmal ein Amokläufer eine Bluttat angerichtet hatte.

»Es geht nichts über das Recht auf Waffenbesitz«, stellte er amüsiert fest.

Weitere Nachrichten beschäftigten sich mit der Lage in Osteuropa und einer bevorstehenden Auseinandersetzung im Deutschen Bundestag. Dann kam die Sprecherin auf eine Fahndung des LKA Hamburg zu sprechen.

Fassungslos lauschte er, wie die Bullen versuchten, seine Pläne zu durchkreuzen. Die Nachrichtensprecherin nannte den vollen Namen seiner Geisel, und dass sie vermutlich derzeit in einem weißen Lieferwagen festgehalten wurde. Die Polizei gab ebenfalls bekannt, dass der Täter versuchen könnte, Freundinnen der entführten Sofie Klaiber in die Hände zu bekommen. Eindringlich bat sie darum, im Fall einer Kontaktaufnahme sofort den Notruf zu wählen und sich unter keinen Umständen auf eigene Faust mit Klaiber zu treffen.

Das war doch nicht zu fassen. So weit waren sie noch nie gegangen. Was war diesmal anders? Am liebsten hätte er seinen Frust herausgeschrien, doch das könnte jemand in der Nähe hören und so auf den Lieferwagen aufmerksam werden.

Er lauschte weiter. Die nächste Nachricht kreiste um eine Fußballpartie des Vorabends, danach ging es bereits ums Wetter. Er schaltete den Sender ab und zwang sich, langsam durchzuatmen. Wenn er sich nun zu seiner Geisel umdrehen würde, würde sie ihm seine Unsicherheit ansehen. Das war nicht Teil des Spiels.

»Lassen Sie mich frei«, flehte sie. »Dann können Sie aus Hamburg verschwinden.«

»Halt's Maul!«, zischte er.

Die Nachrichtensprecherin hatte detaillierte Informationen preisgegeben, aber kein Kennzeichen genannt. Also kannten die Bullen es nicht, sonst wären sie damit an die Öffentlichkeit gegangen. Wenigstens etwas. Was bedeutete der Aufruf – und die Tatsache, dass der Name seiner Geisel genannt worden war? Konnte er überhaupt noch hoffen, sie gegen eine dritte Frau einzulösen?

»Lassen Sie mich frei«, wiederholte sie. »Sie können mich einfach rauslassen und verschwinden. Dann haben Sie einen Vorsprung.«

»Schnauze!«

»Das ist der einzige Weg. Wir können keine meiner Freundinnen kontaktieren. Sie werden es alle erfahren. Meinen Anruf gar nicht erst entgegennehmen. Wie soll ich jetzt noch eine Entscheidung treffen? Das ist nicht fair!«

»Da hast du recht!«, brüllte er. »Nichts davon ist fair!« Er atmete schwer.

Mit einem solchen Schachzug der Bullen hatte er nicht gerechnet. Wieso bezogen sie die Öffentlichkeit ein? Wollten sie unter allen Umständen einen weiteren Austausch verhindern? Warum war ihnen das so wichtig? Er verstand ihre Beweggründe nicht.

Er entsperrte das Display des Handys. Nach wenigen Klicks fand er in den sozialen Medien einen Aufruf des LKA Hamburg, der inhaltlich der Nachrichtenmeldung entsprach. Das durfte alles nicht wahr sein! Sie versuchten, ihn in die Ecke zu drängen. Denen würde er es zeigen.

»Lassen Sie mich gehen«, jammerte seine Geisel.

Kapierte sie es nicht? Jemand würde heute sterben. Das LKA war dabei, ihr die beste Chance zu ruinieren.

»Bitte.«

Wütend drehte er sich um und hockte sich vor sie.

»Sei still!«

»Bitte.«

»Warum gehorchst du nicht?« Er legte ihr die Hand um die Kehle und drückte zu.

Sie japste nach Luft.

Sollte er es jetzt hinter sich bringen? Die Frist um zwölf Stunden verkürzen? Das wäre einzig und allein die Schuld der Bullen. Sie müssten sich vorwerfen lassen, mit ihrer Taktik ein Foul begangen zu haben. Vielleicht sollte er Sofies geschändeten Körper an prominenter Stelle nackt aus dem Fahrzeug werfen. Am besten am Hafen oder an der Elphi. Aber nicht, ohne zuvor eine Botschaft mit Filzstift auf ihre Haut zu schreiben, mit der er das LKA diffamieren würde.

Er zog die Hand wieder zurück. Sofie rang nach Luft.

»Jetzt bist du endlich leise. Kein Wort mehr, sonst war es das für dich.«

Die Bullen ruinierten ihm den Spaß. Er wollte die Spielregeln nicht ändern, denn sie machten den Großteil des Vergnügens aus.

Noch zwölf Stunden. Konnte er sich so lange ihrem Zugriff entziehen? In Hamburg unerkannt unterwegs sein und um achtzehn Uhr sein Werk vollenden? Dann hätte er ihnen ein Schnippchen geschlagen. Sie hatten nicht das Kennzeichen erwähnt. An Werktagen wimmelte es auf den Straßen von weißen Lieferwagen. Bestimmt würden die Bullen wahllos viele Transporter anhalten und kontrollieren.

Die Ausgangssituation hatte sich verschlechtert. Wie eine Niederlage in einem Hinspiel. Trotzdem erwachte Euphorie in ihm. Was, wenn es ihm gelänge, am Abend eine Leiche aus dem Fahrzeug zu werfen und aus der Stadt zu verschwinden? Dann hätte er gezeigt, dass er mehr wert war als das gesamte LKA der Weltstadt Hamburg. Sollte er es zudem schaffen, Sofie gegen eine Freundin auszutauschen, wäre es ein Sieg für die Geschichtsbücher. Schon diese Aussicht war ein Grund, mit seiner Geisel nicht aus der Stadt zu verschwinden.

Er kletterte hinters Steuer und startete den Motor. Als Erstes müsste er einen Ort finden, an dem der weiße Lieferwagen nicht auffallen würde. Und bis dahin keinem Streifenwagen begegnen. Dann wäre er einen wichtigen Schritt weitergekommen.

41

7 Uhr 13

Bastian Dorfers Telefon klingelte. Sofort sah Miriam von ihren Unterlagen auf. War das der Anruf, auf den sie seit den 6-Uhr-Nachrichten warteten?

»Dorfer!«

Miriam beobachtete ihn. Seine Miene blieb unbewegt. Er griff zu einem Zettel und notierte ein Kennzeichen. Was bedeutete das?

»Vielen Dank«, sagte er. »Das hilft uns wahrscheinlich sehr. Ich leite Ihre Information weiter.«

Er beendete das Gespräch.

»Vom Hof einer Autowerkstatt in Ottensen ist ein Kennzeichen abmontiert worden«, setzte er Miriam ins Bild. »Wann das passiert ist, kann der Mechaniker nicht sagen. Ihm ist das nur heute aufgefallen, weil der Wagen an der Reihe war. Er steht seit Montag auf dem Hof, die Firma hatte auf ein Ersatzteil gewartet, das gestern Nachmittag geliefert wurde.«

»Also könnte es sein, dass der weiße Lieferwagen jetzt mit diesem gestohlenen Kennzeichen unterwegs ist«, sagte Miriam.

»Vielleicht, vielleicht auch nicht.« Bastian zuckte mit den Achseln.

Miriam teilte seine Zweifel. Das konnte zwar ein wichtiger Hinweis sein, sie im schlimmsten Fall jedoch auf die falsche Spur führen. Sobald sie das Kennzeichen zur Fahndung ausschrieben, würden weiße Transporter mit anderem Nummernschild womöglich nicht aufmerksam genug unter die Lupe genommen.

»Wir sollten die Information weitergeben«, brummte Bastian. »Die Kollegen auf der Straße werden schon wissen, wie sie damit umgehen.«

Miriam nickte. »Ich informiere die Wiesbadener«, sagte sie. »Kümmerst du dich um den Rest?«

42

8 Uhr 09

Till folgte Leo und Amelie mit ein paar Schritten Abstand aus dem Krankenhaus. Leo hielt seine Freundin bei der Hand und hatte es sich nicht nehmen lassen, ihre Tasche zu tragen. Seine eigene Reisetasche stand bereits in Tills Kofferraum. Falls Till sich auf die Entfernung nicht irrte, schien Amelie Leos Hand fest zu umklammern.

»Amelie, ich parke gleich da vorn«, sagte er und entriegelte mit der Funkfernbedienung sein Auto. Leo öffnete die rechte Hintertür und half seiner Freundin beim Einsteigen. Dann ging er um den Wagen herum, stellte die Tasche in die Mitte der Rückbank und setzte sich zu ihr.

Till nahm hinter dem Steuer Platz. »Amelie, ich hab übrigens etwas für dich. Eine Dauerleihgabe, solang du es brauchst.« Er beugte sich zur Seite und öffnete das Handschuhfach, in dem ein Prepaidhandy lag. »Es ist auf meinen Namen registriert. Du hast fünf Gigabyte Datenvolumen frei und fünfzig Euro Telefonguthaben. Damit solltest du eine Weile auskommen.« Er reichte ihr das Gerät.

»Danke«, sagte sie. »Wenn das alles vorbei ist, muss ich mir ein neues Telefon kaufen.«

»Vielleicht ist das gar nicht nötig«, stellte Leo fest. »Sobald der Mistkerl verhaftet ist, kriegst du dein geliebtes iPhone bestimmt zurück. Oder, Till?«

»Das kann gut sein.« Momentan hätte es wenig Sinn, darüber zu sprechen, dass die Besitzer oft lange warten mussten, bis sie Eigentum zurückerhielten, das zugleich als Beweisstück diente. »Ich würde dir übrigens empfehlen, deine Profile in den sozialen Medien vorübergehend zu deaktivieren. Dir rate ich das auch, Leo.«

Amelie sah ihn mit großen Augen an. »Das kann ich nicht.«

»Noch kennt die Öffentlichkeit eure Namen nicht. Ob das so bleibt? Wenn ihr nicht mehr anonym seid, stürzen sich die Leute wie die Hyänen auf eure Profile. Besser ist es, der Meute zuvorzukommen.«

»Bestimmt hat Till recht«, brummte Leo.

»Ist mir egal« Amelies Stimme überschlug sich. »Das ... das ... nein!« Sie schluchzte.

»Baby.« Leo legte ihr die Hand auf den Oberschenkel.

»Das ist mein Leben«, erklärte sie leise. »Der Wichser hat mir schon so viel genommen. Da lass ich mich nicht noch amputieren. So würde sich das nämlich anfühlen. Über Facebook halte ich Kontakt mit einigen Patientinnen. Die älteren Damen lieben es, mich über den Messenger anzuschreiben. Viele wissen gar nicht die Nummer der Praxis.«

Till erwiderte zunächst nichts. Ihm schien dieses Argument vorgeschoben. Die nächsten Tage oder sogar Wochen wäre Amelie ohnehin nicht arbeitsfähig. »Es ist deine Entscheidung. Meine Meinung kennst du. Spätestens, wenn irgendwer deinen Namen herausfindet, solltest du nicht länger zögern. Und jetzt bring ich euch in die Wohnung. Ohne Stau sind wir in fünfzehn Minuten da.«

Er fuhr los. Das Radio schaltete er absichtlich nicht ein. Amelie sollte keine Meldung über die Suche nach Sofie mitbekommen. Unterwegs warf er immer wieder Blicke in den Rückspiegel. In erster Linie, um nach Verfolgern Ausschau zu halten, aber auch um zu beobachten, wie Leo und Amelie miteinander umgingen. Leo streichelte seiner Freundin über den Oberschenkel. Sie redeten auf der Fahrt fast gar nicht. Amelie schaute längere Zeit aus dem Fenster. Einmal trafen sich Tills und Leos Blicke. Sein Freund verzog die Lippen zum Schmollmund. Machte er sich Sorgen über ihren psychischen Zustand?

Wie ein Immobilienmakler führte Till sie durch die Wohnung. »Hier könnt ihr es hoffentlich ein paar Tage aushalten.«

»Ja«, antwortete Leo prompt. »Das hast du gut organisiert. Danke!«

Amelie nickte lediglich. Sie schien von der Unterkunft nicht begeistert.

»Im Kühlschrank stehen keine Lebensmittel«, erklärte Till. »Die Läden hatten eben noch nicht auf, außerdem kenne ich eure Vorlieben nicht. Was haltet ihr hiervon? Wenn ihr mir eure Schlüssel überlasst, klappere ich eure Wohnungen ab und bringe Lebensmittel mit. Falls ihr etwas anderes braucht, sagt's mir einfach. Das kommt alles frei Haus.« Er lächelte.

»Ich weiß nicht«, brummte Leo. »Du musst dir unseretwegen nicht so viel aufhalsen.«

»Das macht mir nichts aus. Vielleicht wäre es sogar gut,

wenn ich in euren Wohnungen nach dem Rechten sehen kann.«

Leo kratzte sich am Kopf. Er warf seiner Freundin einen hilflosen Blick zu.

»Ich hätte schon gern meine Hafermilch«, erklärte Amelie. »Die hab ich erst gestern aufgemacht. Und die vegane Margarine wäre auch nicht schlecht.«

»Ich packe einfach alles aus deinem Kühlschrank in eine große Kühltasche«, schlug Till vor.

»Danke!« Sie griff in ihre Hosentasche und zog einen kleinen Schlüsselbund heraus, den sie Till in die Hand drückte.

»Was soll ich aus deiner Wohnung holen?«, wandte sich Till an Leo.

Sein Freund zögerte. Er schien sich nicht gern von seinem Wohnungsschlüssel trennen zu wollen.

»Da sind ein paar Eier und der Biokäse. Der Rest ist mir egal. Bring einfach mit, was du tragen kannst.«

Till steckte den Schlüssel ein. »Ich bin so schnell wie möglich wieder da. Ich klingle zweimal kurz, dann wisst ihr, dass ich es bin. Okay?«

»Wer soll es sonst sein?«, fragte Leo. »Niemand außer dir weiß, dass wir hier sind, oder?«

»Du meinst, von den Polizisten abgesehen?«, erwiderte Till. »Da hast du recht. Hoffentlich bleibt es auch so. Ich beeile mich.«

43

Als die Tür ins Schloss fiel, schluchzte Amelie auf. »Wie soll ich das bloß aushalten?«, fragte sie kaum verständlich.

Leo trat zu ihr und nahm sie in den Arm. Sie schmiegte sich an ihn. Er spürte ihr Zittern. Zärtlich streichelte er ihr über den Kopf.

»Baby, du bist in Sicherheit«, flüsterte er. »Dir kann nichts mehr passieren. Du hast es überlebt.«

»Aber was ist mit Sofie? Hab ich sie in den Tod geschickt?«

»Nichts davon ist deine Schuld. Du kannst nichts dafür, dass dich der Schweinehund entführt hat.«

Ihr Zittern verstärkte sich. Leo drückte sie noch fester an sich.

»Sofie darf nicht sterben. Das würde ich mir nicht verzeihen.«

»Mach dir keine Sorgen. Till und Miriam werden sie rechtzeitig finden.«

»Hoffentlich. Halt mich, Leo! Halt mich ganz fest.«

Sie drückte sich regelrecht in ihn hinein. Er legte beide Arme um sie. Eine Weile blieben sie so stehen. Leo roch an ihrem Haar. Bildete er sich das bloß ein, oder nahm er noch den Krankenhausgeruch an ihr wahr? Am liebsten hätte er ihr empfohlen, ausgiebig zu duschen, wollte jedoch nicht unsensibel sein. Ihr Körpergeruch war derzeit vermutlich ihre kleinste Sorge.

»Können wir uns setzen?«, fragte sie schließlich. »Meine Beine fühlen sich an wie Pudding.«

Leo führte sie zu dem zweisitzigen Polstersofa. Er hielt sie am Arm fest, während sie sich langsam setzte.

»Weißt du, was mir im Krankenhaus durch den Kopf gegangen ist?« Ihre Stimme war kaum zu vernehmen.

»Sag's mir.«

»Stehst du das hier mit mir durch, Leo? Ich habe nämlich nur noch dich. Niemand sonst weiß, was mit mir passiert ist. Ich könnte das nie jemandem erklären. Will nicht darüber sprechen. Schon gar nicht mit Fremden. Was würden die von mir denken? Ich hab nur noch dich.«

»Wir stehen das gemeinsam durch, und ich bleibe für immer an deiner Seite«, versprach er. Was hätte er auch anderes sagen sollen?

»Wirklich?«

»Verlass dich auf mich.«

Sie legte sich halb auf ihn. »Streichelst du meinen Kopf? Das war gerade so schön.«

Einige Minuten streichelte er sie nachdenklich. In welcher Wohnung war Till jetzt gerade? Leo hatte Hunger, hoffentlich dauerte es nicht mehr lange, bis sein Freund zurückkehrte. Dann würde er auch seinen Schlüssel wieder einfordern. Ihm war nicht wohl bei dem Gedanken, dass Till den Wohnungsschlüssel hatte. Nach allem, was er in den letzten vierzehn Stunden erlebt hatte, wollte er keinen Fremden in seinem Zuhause wissen.

Amelie setzte sich wieder aufrecht hin. »Hoffentlich ist Till schnell zurück. Ich hab Hunger.«

Leo grinste.

»Worüber lachst du?«, fragte sie verunsichert.

»Ich habe gerade genau das Gleiche gedacht.«

»Wirklich?«

Leo nickte. Amelie schenkte ihm ein warmherziges Lächeln.

»Wenigstens etwas Gutes hat die Sache«, sagte sie.

»Was denn?«

»Wir schaffen es, unsere Probleme zu meistern. Vielleicht wird das zwischen uns wieder so wie am Anfang.«

»Das wünsche ich mir am allermeisten«, bestätigte er. »Lass das hier wie ein Neuanfang sein.«

Sie küssten sich.

Eine Viertelstunde später klingelte es endlich zweimal kurz an der Tür.

»Lieferservice«, sagte Leo. »Wurde auch mal Zeit!« Er ging in die Diele und öffnete dem Personenfahnder. Der kam mit einer ausgebeulten Kühltasche zu ihnen. »Du hast ganz schön lange gebraucht!«

»Sorry. Ich musste erst eine Kühltasche organisieren und hab aus euren Kühlschränken einfach alles eingepackt, was ich tragen konnte«, erklärte er.

»Super! Mein Schatz und ich haben nämlich großen Hunger. Ich habe übrigens beschlossen, meine Social-Media-Profile zu deaktivieren«, erklärte er, als er gemeinsam mit Till in die Küche ging.

»Wirklich?«, fragten Till und Amelie gleichzeitig.

»Ja. Ich will gar nicht erst in Versuchung kommen, die ganze Zeit Facebook oder Insta im Auge zu behalten.«

»Und du, Amelie?«, erkundigte sich Till.

»Oh Gott, ich weiß es einfach nicht. Muss das sein?«

. . .

Fünf Minuten später waren die Kühltasche leer geräumt und der Esstisch im Wohnzimmer gedeckt.

»Ich fahre ins Büro«, sagte Till. »Wenn es etwas Neues gibt, halte ich euch auf dem Laufenden.«

»Gibst du uns noch unsere Schlüssel zurück?«, bat Leo. »Amelie und ich haben darüber gesprochen. Wir wollen dir das nicht aufhalsen. Du hast schon genug getan.«

Er warf einen Blick zu Amelie, die sich einen Schluck Hafermilch ins Glas füllte.

»Wäre zwar keine Arbeit gewesen, aber ihr entscheidet.« Till zog die beiden Schlüsselbunde aus der Jackentasche und legte sie Leo in die ausgestreckte Hand. »Ruht euch ein bisschen aus. Ihr hört von mir.«

»Danke«, sagte Leo. »Ich bringe dich zur Tür.«

44

Till hatte den Wagen so geparkt, dass weder Leo noch Amelie ihn bei einem Blick aus dem Fenster entdecken würden. Er setzte sich hinters Steuer, fuhr aber nicht los.

Gedanklich rekapitulierte er die letzten Minuten in der Wohnung. Zu seiner Überraschung hatte Leo das Thema soziale Medien angesprochen und zugesagt, seine Profile temporär zu deaktivieren. Damit hatte Till nicht gerechnet. Er zog sein Telefon aus der Jacke und startete die Facebook-App. Till gab Leos Namen ein, und das System führte ihn zu der noch aktiven Seite. Hatte Leo das nur leichthin behauptet, um weitere Diskussionen zu vermeiden, oder würde er sich nach dem Frühstück darum kümmern? Eine Frage beschäftigte ihn noch mehr. Wieso war Leo so erpicht darauf gewesen, die Schlüssel zurückzubekommen? Till hätte ihm das ohnehin angeboten, aber Leo hatte es von selbst angesprochen.

»Was hast du zu verbergen?«, flüsterte er.

Sein Telefon klingelte und übertrug den Namen des Mannes, auf dessen Anruf er bereits gewartet hatte.

hat sich sogar von selbst gemeldet, nachdem sie beim Frühstück Nachrichten gehört hatte. Die konnte uns ein paar Namen gemeinsamer Freundinnen nennen. Wir klappern die nacheinander ab. Wartest du eben, Till?« In der Leitung erklang leise Musik. Sekunden später war Miriam wieder bei ihm. »Wenn du nichts mehr für mich hast, muss ich los. Wir fahren jetzt zu einer angeblich sehr engen Freundin Klaibers. Könnte sein, dass sie uns mit wichtigen Informationen weiterhilft.«

»Viel Erfolg!« Er kämpfte gegen den Impuls an, ihr sein Vorhaben zu beichten. Sie würde es ihm bloß ausreden. Dass sie gerade keine Zeit hatte, kam ihm entgegen.

»Ich melde mich, sobald ich etwas Neues höre«, versprach Miriam. »Bis bald!«

Kaum hatte Till das Telefonat beendet, erreichte er die Straße, in der Leo Füchsel wohnte. Er fand rund zweihundert Meter vom Eingang einen Parkplatz und fuhr rückwärts hinein. Nachdem er ausgestiegen war, schaute er sich um. Niemand schien das Haus zu beobachten. Till blickte auf seine Uhr. Er räumte sich eine halbe Stunde Zeit ein. Hoffentlich war Leos Computer nicht passwortgeschützt. Schnellen Schrittes lief er auf die Haustür zu. Der Schlüssel, den Wilhelm angefertigt hatte, passte fürs Haus- und Wohnungstürschloss. Till schlüpfte in den Flur, stieg die Treppe zu Leos Wohnung hoch und steckte den Schlüssel ins Schloss. Im ersten Moment hakte die Schlüsselkopie, dann jedoch ließ sie sich problemlos drehen. Mit einem Blick zur Nachbarwohnung, aus der er ein Geräusch vernahm, betrat er die Diele und drückte die Tür zu. Till wusste, dass der Computer im Wohnzimmer stand. Falls Leo jemanden im Darknet beauftragt hatte, würde er am ehesten Spuren auf dem Rechner finden. Ein installierter Tor-Browser wäre ebenso verdächtig wie eine eingerichtete, aber selten genutzte E-Mail-Adresse. Vor allem, wenn der Alias keine Rückschlüsse auf Leos Namen zuließ.

Till startete den PC. Das Betriebssystem fuhr langsam hoch. Sekundenlang bangte er, ob er überhaupt Zugriff bekäme, doch dann konnte er sich anmelden, ohne ein Passwort eingeben zu müssen.

45

Anton Meerbusch aktualisierte die Facebook-Seite. Am Ergebnis änderte sich nichts. Was hatte das alles zu bedeuten?

Leo Füchsel war seit drei Jahren sein Nachbar. Die beiden hatten schon viele lange und lustige Abende zusammen verbracht. Beim Humor lagen sie auf derselben Wellenlänge, und zum Glück interessierte sich Leo überhaupt nicht für Fußball – woran bei Anton einige Freundschaften gescheitert waren. Er würde sogar so weit gehen und Leo als einen seiner engsten Freunde bezeichnen. Was einfach ideal war, wenn man Tür an Tür wohnte. Wahrscheinlich hatte er deswegen mitbekommen, wie heute Morgen jemand Leos Wohnung betreten hatte und mit einer gepackten Tasche fünf Minuten später wieder gegangen war. Anton wollte sich bei Leo erkundigen, ob das seine Richtigkeit hatte. Also hatte er zunächst drüben geklingelt, ohne dass ihm sein Nachbar geöffnet hatte. Nun wollte er ihm über den Messenger schreiben, doch die App behauptete, es gäbe kein Profil von Leo Füchsel. Anton verstand das alles nicht.

Im Hausflur hörte er nicht zum ersten Mal an diesem Morgen schwere Schritte. Er huschte in den Flur. Dabei streifte er aus Versehen mit dem Bademantel den an der Wand lehnenden Regenschirm, der an der Tür entlang rutschte. Anton ließ ihn einfach liegen und schaute durch den Spion. Derselbe Mann, der keine Stunde zuvor die Wohnung betreten und mit einer Tasche verlassen hatte, war zurückgekehrt. Raubte er Leo in aller Seelenruhe aus? Mit angehaltenem Atem verfolgte Anton, wie der Unbekannte die Wohnungstür aufschloss, einen Blick über die Schulter warf und dann ins Innere huschte.

Das kam ihm alles äußerst suspekt vor. Falls Leo gerade nicht zu Hause war, müsste er hiervon erfahren. Anton hob den Schirm auf und lehnte ihn erneut an die Wand. Er setzte sich im Wohnzimmer auf die Couch und suchte in den Telefonkontakten nach Leos Nummer. Kurz zögerte er, ob er sich wirklich in die Belange seines Nachbarn einmischen sollte. Aber wenn das alles seine Richtigkeit hatte, würde ihm Leo den Anruf bestimmt nicht krummnehmen.

46

Leo lauschte auf die Dusche und ließ seine Gedanken schweifen. Amelie hatte sich direkt nach dem Frühstück ins Badezimmer zurückgezogen und duschte seither. Sie hatte angedeutet, dass sie lange benötigen würde. Er versuchte, sich in sie hineinzuversetzen. Was ging ihr wohl durch den Kopf, während das heiße Wasser auf sie prasselte? Dachte sie eher an ihre Freundin Sofie oder an die tödliche Gefahr, der sie entkommen war? Vermutlich eine Mischung aus allem. Sie war vorhin anhänglicher gewesen als in den ganzen letzten Monaten. Vor und nach dem Frühstück hatte sie erwähnt, dass sie das alles nur mit seiner Hilfe durchstehen würde. Er war nicht sicher, wie lange dieser Zustand anhalten würde, aber ...

Sein Handy klingelte. Leo schaute sich um. Wo hatte er das Gerät hingelegt? Er entdeckte es auf dem noch nicht abgeräumten Esstisch, erhob sich von der Couch und ging hinüber. Entgegen seiner Erwartung rief nicht Till an, sondern sein Nachbar Anton. Was wollte der von ihm? Hatte er von den nächtlichen Ereignissen erfahren?

»Hey, Anton«, begrüßte Leo ihn. »Alles klar bei dir?«

»Das Gleiche wollte ich dich gerade fragen. Wo bist du?«

»Mit Amelie zusammen. Wieso?«

»Wer ist dann der Kerl in deiner Wohnung?«

»Jemand ist in meiner Wohnung?«

»Schon zum zweiten Mal heute Morgen. Beim ersten Mal hat er eine Tasche rausgetragen. Die schien mir ziemlich voll zu sein.«

»Ach so. Das ist ein Freund. Ich hatte ihn gebeten, mir ein paar Sachen zu bringen.«

»Warum hast du die nicht selbst geholt? Ist wirklich alles in Ordnung? Mir ist aufgefallen, du hast dein Facebook-Konto gelöscht. Was ist los bei dir? Irgendetwas ist passiert.«

»Das ist nur vorübergehend. Ich komme die nächsten Tage auf ein Bierchen vorbei und erzähl's dir. Okay? Ist allerlei geschehen seit gestern. Zu viel, um bloß zu telefonieren.«

»Aber der Typ darf in deiner Wohnung sein?«, vergewisserte sich Anton.

»Ja, das ist Till. Ein Freund. Alles easy.«

»Wunderbar. Dann bin ich beruhigt. Klopf einfach an, wenn du zurück bist und es passt. Ich bin gespannt.«

»Mache ich.« Leo bedankte sich für den Anruf und trennte die Verbindung.

Wieso war Till in seine Wohnung zurückgekehrt? Leo überzeugte sich davon, dass wirklich alle Schlüssel am Bund hingen. Wie hatte sich Till Zutritt verschafft? Das müsste er ihm gefälligst erklären.

Er widerstand dem Impuls, ihn anzurufen. Das sollten sie besser von Angesicht zu Angesicht klären. Er ging ins Badezimmer. Amelie stand in der beschlagenen Duschkabine, bemerkte ihn jedoch sofort. Sie strich die Feuchtigkeit von der Glasscheibe.

»Alles in Ordnung?«, fragte sie über das Prasseln des Wassers hinweg.

»Ja«, antwortete Leo. »Schatz, ich muss eben in meine Wohnung.«

»Wieso?«

»Wenn wir schon hier festhängen, könnte ich ein bisschen arbeiten. Dafür brauche ich ein paar Unterlagen.«

»Warum hast du Till nicht gebeten, sie mitzubringen?«

»Hab ich vorhin nicht dran gedacht. Kann ich dich kurz allein lassen? Ich bin spätestens in einer Stunde zurück. Vermutlich früher.«

»Willst du Till nicht anrufen und bitten, dass er dir alles bringt?«

»Dann müsste er in meinen Unterlagen kramen. Das will ich ihm nicht zumuten.«

»Aber du hast kein Auto hier.«

»Ich rufe mir ein Taxi. Wie schon gesagt, in einer Stunde bin ich zurück.«

Sie zog einen Schmollmund, nickte jedoch. »Meinetwegen.«

»Ich beeil mich.« Er wandte sich ab, bevor sie ihre Meinung ändern konnte. Auf dem Handy rief er die *Hansataxi*-App auf und forderte ein Fahrzeug an. Nach kurzer Suche teilte ihm die App mit, dass sein Fahrer in vier Minuten eintreffen würde. Leo verließ die Wohnung.

47

9 Uhr 25

Karsten Schiffer näherte sich einer roten Ampel. Er warf einen kurzen Blick auf den kleinen Bildschirm, der ihm *Hansataxi*-Kundenanfragen anzeigte. Ein etwa zehn Minuten entfernter Kunde war neu in der Liste aufgetaucht. Sollte er die Fahrt übernehmen? Ehe er sich entschieden hatte, ging der Auftrag an einen Kollegen.

Auf der zweispurigen Fahrbahn wartete lediglich ein weißer Transporter vor der Haltelinie. Schiffer fiel ein, dass die Polizei gerade nach diesem Fahrzeugtyp fahndete. Eher aus Langeweile denn echtem Interesse wechselte er die Spur. Statt hinter dem Wagen zu warten, zog er links vorbei und hielt ebenfalls vor der Haltelinie. Sein Blick ging nach rechts. Der Fahrer schien das trotz seiner erhöhten Position mitzubekommen. Er erwiderte den Blick, schaute rasch weg und drehte ihm dann erneut den Kopf zu.

Schiffer hob die Hand zum Gruß. Der Mann reagierte,

indem er ruckartig nach vorn sah. Er wirkte eindeutig nervös.

Die Ampel sprang um. Sofort startete der Lieferwagen mit durchdrehenden Reifen. Obwohl er zuvor nicht geblinkt hatte, bog er nach rechts ab.

Schiffer fuhr geradeaus und wechselte auf die zweite Spur. Er steuerte seinen Wagen auf einen Parkstreifen und kontaktierte die Zentrale.

»Was gibt's, Karsten?«, fragte ihn die Kollegin.

»Sucht die Polizei noch nach diesem weißen Lieferwagen?«

»Du meinst den Wagen, in dem sie eine entführte Frau vermuten?«

»Genau.«

»Sag bloß, du hast ihn gesehen?«

»Ich hab vorhin einen weißen Transporter mit einem sehr nervösen Fahrer neben mir an der Ampel gehabt. Hat die Polizei das Kennzeichen genannt?«

Die Kollegin der Zentrale las es ihm vor.

»Scheiße!«, sagte Schiffer. »Das war er.«

»Sicher?«

»Hundertprozentig. Kannst du die Polizei informieren?«

»Klar. Gib mir deine genaue Position. Ich stell sie zu dir durch, falls sie Fragen haben.«

»Mach das!«

Nachdem er ihr die Straße genannt hatte, wartete er. In der Zwischenzeit könnte der Lieferwagen schon wer weiß wohin verschwinden. Schiffer wollte nicht untätig bleiben. Angeblich hielt der Fahrer eine junge Frau gefangen, die im Alter von Schiffers Tochter war. Er warf einen Blick in den Rückspiegel. Die Straße hinter ihm war frei. Er wendete auf der Hauptverkehrsstraße, überfuhr an der Ampel das Rotlicht und bog nach links ab.

48

Der Taxifahrer hatte ihn eindeutig erkannt. Seine Blicke hatten Bände gesprochen.

Wenn er nicht innerhalb der nächsten Minuten gestoppt werden wollte, musste er von der Straße verschwinden. Hektisch hielt er nach einer Gelegenheit Ausschau. Ein Hinweisschild kündigte ein fünfhundert Meter entferntes Parkhaus an. Er erhöhte das Tempo, bis es in Sicht kam. Die Einfahrtshöhe war zum Glück gerade hoch genug. Er würde mit dem Transporter hineinpassen. War das seine vorübergehende Rettung?

Er bog von der Straße ab und fuhr auf das Parkhaus zu. Vor der Schranke hielt er an, ließ die Fensterscheibe hinunter und zog ein Ticket. Zu seiner Überraschung schien seine Gefangene ihre Chance nicht zu wittern. Sie schrie nicht um Hilfe, wie er es an ihrer Stelle getan hätte. Er fuhr die Scheibe wieder hoch. Die Schranke gab den Weg frei. Ohne in der ebenerdigen Etage Ausschau zu halten, fuhr er zur nächsten Ebene hinab.

Insgesamt gab es vier unterirdische Parkdecks. Er suchte sich einen Stellplatz in der untersten Etage, ehe er den

Motor abstellte. Sollte er hier warten und auf das Beste hoffen? Oder würde er sich damit den Bullen wie auf dem Silbertablett präsentieren? Unsicher öffnete er das Handschuhfach und holte einige Dinge heraus, die er gut gebrauchen könnte. Dann kletterte er über die Fahrerbank nach hinten.

Sofie schaute ihn verängstigt an. »Was haben Sie vor?«, fragte sie leise.

»Warum hast du dich nicht einfach austauschen lassen?«

»Wenn Sie mich anfassen, schreie ich.«

»Hier unten hört dich niemand. Versuch's erst gar nicht. Sonst werde ich verdammt wütend. Das wäre nicht gut für dich.«

Sie schien ihn ernst zu nehmen. Statt zu schreien, starrte sie ihn bloß mit großen Augen an.

»Ein einziger Anruf. War das zu viel verlangt?« Er legte ihr eine Hand um die Kehle.

»Bitte nicht«, wisperte sie leise.

49

9 Uhr 37

»Ist das unser Zeuge?«, fragte Miriam.

Sie deutete nach vorn zu einem Taxi am Straßenrand. Der Fahrer stand vor dem Wagen.

»Wird er wohl sein«, antwortete Bastian.

Miriam schaute über die Schulter. Das Auto mit den Wiesbadener Polizisten folgte dichtauf. Ein Streifenwagen mit eingeschaltetem Blaulicht bildete die Nachhut.

Bastian stoppte keine zehn Meter vom Taxi entfernt. Er und Miriam sprangen heraus und liefen auf den Mann zu. Die Wiesbadener folgten. Die große Polizeipräsenz schien den Fahrer einzuschüchtern. Unwillkürlich wich er einen Schritt zurück und hielt sich am Dach des Wagens fest.

»Karsten Schiffer?«, vergewisserte sich Miriam.

»Ja«, sagte der Taxifahrer.

»Miriam Decking und Bastian Dorfer vom LKA. Können Sie uns grob das Aussehen des Mannes beschreiben?«

»Ich hab nicht viel gesehen. Dunkelblond. Ich schätze, er ist noch keine vierzig. Seine Nase kam mir groß vor.«

Das stimmte mit dem überein, was Amelie ausgesagt hatte.

»Jedenfalls bin ich in den letzten Minuten hier ein bisschen durch die Gegend gefahren. Hab den Wagen leider kein zweites Mal entdeckt. Also habe ich auf Sie gewartet.«

»Welche Straßen haben Sie abgegrast?«, fragte Bastian.

Der Taxifahrer nannte die Straßennamen. Miriam suchte den Blick von Robert Drosten, der sich räusperte.

»Können Sie noch mehr Streifenwagen organisieren?«, wollte der KEG-Hauptkommissar wissen. »Ich würde gern die ganze Gegend fächerförmig überprüfen.«

»Das kriegen wir hin«, antwortete Bastian. Er bedankte sich bei dem Taxifahrer und lief zu den Polizisten im Streifenwagen.

Keine fünf Minuten später saßen Bastian und Miriam wieder im Auto und fuhren langsam die Straßen der Umgebung ab. Die Wiesbadener folgten ihnen. Nirgendwo entdeckten sie einen weißen Transporter am Straßenrand.

»Vielleicht im Parkhaus?«, murmelte Miriam, als sie das Hinweisschild registrierte.

Bastian schaltete den Warnblinker ein, ehe er seine Geschwindigkeit drosselte und schließlich unmittelbar vor der Zufahrt anhielt. »Sollen wir es prüfen?«

»Ich frage Drosten nach seiner Meinung. Warte!«

Sie stieg aus und lief auf den zweiten Wagen zu. Drosten schnallte sich ab und verließ ebenfalls das Auto.

»Lohnt es sich, im Parkhaus nach ihm zu suchen?«, wollte Miriam wissen. »Die Zufahrtshöhe dürfte gerade eben ausreichen.« Sie schaute sich um. Leider sah sie nirgendwo einen Parkhausmitarbeiter, der ihnen hätte Auskunft geben können.

»Wäre für uns nicht das erste Mal, dass sich ein Verdächtiger ins Parkhaus zurückzieht, um von der Straße zu kommen«, stellte Sommer fest, der ebenfalls ausgestiegen war. »Wir blockieren die Aus- und Zufahrt und gehen die einzelnen Etagen zu Fuß ab.«

»Okay.«

Miriam setzte sich wieder zu Bastian in den Wagen, gab ihm Anweisungen, und er parkte das Auto quer vor der Ausfahrt. Verena Kraft folgte seinem Beispiel und versperrte die Zufahrt. Der Streifenwagen blieb mit Blaulicht auf der Straße stehen.

Miriam und Bastian stiegen aus und eilten zusammen mit den Wiesbadenern in das Parkhaus.

50

Till Buchinger schaute auf die Uhr. Langsam sollte er mit seinen Recherchen zum Ende kommen. Er hatte bislang keinen Hinweis darauf gefunden, dass Leo das Darknet genutzt hatte. Auch in den verschiedenen E-Mail-Konten war ihm nichts Verdächtiges aufgefallen.

Till strich sich übers Gesicht. Der Schlafmangel machte sich bemerkbar. Vielleicht wäre es besser, die Suche jetzt abzubrechen. Er gähnte. Im selben Moment signalisierte ihm das System einen E-Mail-Eingang. Bei der Nachricht handelte es sich um Werbung. Nichts, was ihn weiterbrachte.

Er schwenkte den Drehstuhl herum und musterte das Zimmer. Wo würde er Hinweise finden, falls Leo die Entführung seiner Freundin beauftragt hatte? Oder war er auf der falschen Fährte? Woher hatte der Entführer seine genauen Informationen, wenn nicht von Leo? Ein ungeheuerlicher Verdacht erwachte in Till.

51

Über die *Hansataxi*-App bezahlte Leo die Fahrt. Er verabschiedete sich von dem Fahrer und stieg aus. Sein Blick fiel auf das Fenster der Wohnung, hinter dem er jedoch nichts erkannte. Ob Till noch immer herumschnüffelte? Oder war er bereits wieder gegangen?

Leo betrat den Hausflur und stieg schnell die Stufen hoch. Zum Glück kam ihm Anton nicht entgegen, für einen kurzen Plausch wäre er nicht in der Stimmung. Vorsichtig führte er den Schlüssel ins Schloss. Im Idealfall würde Till das nicht mitbekommen. Die Tür war nicht abgeschlossen, ein eindeutiges Zeichen für die Anwesenheit seines vermeintlichen Freunds. Beinahe lautlos öffnete er die Wohnung und schlüpfte in die Diele.

»Ich sitze am PC«, rief Till aus dem Wohnzimmer.

Missmutig verzog Leo den Mund. Sein Plan, den Personenfahnder zu überraschen, hatte also nicht geklappt. Er ging ins Wohnzimmer, in dem Till am Schreibtisch saß. Der PC war eingeschaltet. Die beiden Männer starrten sich eine Weile stumm an.

»Ich komme mir gerade verdammt verraten vor. Dabei

habe ich dich für einen Freund gehalten«, sagte Leo enttäuscht.

»Wie hast du das hier mitbekommen?«, fragte Till. »Lässt du dich informieren, wenn dein PC eingeschaltet wird?«

»Nein. Viel profaner. Mein aufmerksamer Nachbar hat bemerkt, dass ein Unbekannter zweimal in meiner Wohnung war. Er hält dich für einen Einbrecher. Bist du einer?«

»Sieht es so aus, als wäre ich gerade auf der Suche nach Diebesgut?«

»Vielleicht willst du mein Onlinekonto plündern.«

Till schmunzelte. »Absurd, oder?«

»Würde mich zumindest wundern. Du lebst mit einer Kriminalhauptkommissarin zusammen. Nach einem typischen Internetbetrüger klingt das für mich nicht. Was machst du also hier?«

»Ich war auf der Suche nach Spuren, die beweisen, dass du das Darknet nutzt. Und ich habe deine E-Mails darauf geprüft, ob du aus Versehen eine verräterische Nachricht nicht ganz gelöscht hast. Ich bin nicht fündig geworden.«

»Warum suchst du überhaupt danach?«, wollte Leo wissen.

»Kannst du dir das nicht denken?«

»Ich will's aus deinem Mund hören.«

Die Männer starrten sich an. Schließlich blinzelte Leo.

»Das ist mir echt zu dämlich! Sag, was du zu sagen hast, und dann verpiss dich. Du kannst dir gar nicht vorstellen, wie beschissen sich das anfühlt. Ich habe dir vertraut. Hab dich für meinen Freund gehalten. Stattdessen brichst du in meine Wohnung ein und spielst diese Spielchen! Ganz toll, Till! Wirklich! Du bist ein echter Scheißkerl.«

An Till schienen die Beleidigungen abzuprallen. In Leo wuchs die Wut. Wie hatte er sich bloß so täuschen können?

»Okay«, sagte Till schließlich. »Zunächst einmal entschuldige ich mich für den Einbruch. Wenn du mich anzeigen willst, rede ich dir das nicht aus.«

»Als würde das etwas bringen. Bist du nicht in Miriams Auftrag hier?«

»Die weiß nichts davon und würde es nicht gutheißen. Wenn ich deswegen Ärger bekomme, wird sie nichts machen können.«

Leo runzelte die Stirn.

»Ich suche nach Erklärungen«, fuhr Till fort.

»Wofür?«

»Warum Amelie ausgerechnet gestern Abend entführt worden ist. Genau in dem Moment, als sie zu unserer Verabredung aufbricht. War das nur Zufall? Ich kann's mir einfach nicht vorstellen. Irgendwie muss der Täter auf sie aufmerksam geworden sein.«

»Du glaubst nicht, dass sie bloß Pech hatte?«, vergewisserte sich Leo.

»Ich könnte akzeptieren, dass sie ihm irgendwann zufällig begegnet ist und sein Interesse geweckt hat. Sie ist eine hübsche, junge Frau. Aber der Entführer wartete zum richtigen Augenblick an der Haustür, um ihr einen Chloroformlappen aufs Gesicht zu drücken. Wie wahrscheinlich ist das?«

Leo dachte kurz darüber nach. »Nicht sehr«, murmelte er.

»Wenn er sie an der Wohnungstür abgefangen hätte, wäre ich nicht so misstrauisch«, fuhr Till fort.

»Du glaubst, jemand hat ihn mit Informationen gefüttert«, folgerte Leo.

Till nickte.

»Und wenn das stimmt, war die ganze Entführung beauftragt«, sagte Leo leise.

»Mir ist wieder eingefallen, dass sie dich letzten Herbst

hintergangen hat. Es wäre denkbar gewesen, dass du das noch immer nicht verkraftet hast und dich rächen wolltest. Unsere Verabredung wäre dafür ein perfektes Alibi gewesen.«

»Glaubst du wirklich, ich hätte dir meine Sorgen vorspielen können?«

»Man kann den Menschen immer nur vor den Kopf schauen«, antwortete Till. »Ich habe mir angewöhnt, auch das Unvorstellbare zu denken.«

Leo seufzte. »So etwas würde ich niemals tun. Dann hätte ich sie einfach verlassen. Ich weiß ja nicht mal sicher, ob sie mich damals betrogen hat. Vielleicht hat sie bloß für diesen Musicalheini geschwärmt und ein bisschen mit ihm geflirtet.«

»Die Polizei kann meinen Gedankengängen übrigens folgen. Sie sehen in dir einen potenziell Beteiligten.«

»Super. Das hast du toll hinbekommen. Ich habe nichts getan, Till! Glaub mir bitte.«

»Überzeug mich. Hast du Amelies Entführung in Auftrag gegeben? Oder vielleicht etwas Harmloseres? Einen bösen Streich, den sie nie wieder vergessen soll? Einen Denkzettel?«

»Nichts davon!«

»Bist du bloß hergekommen, weil dein Nachbar dich vor einem Einbrecher gewarnt hat?«

»Nicht nur«, sagte Leo. »Ich brauche jemanden zum Reden und wusste, dass du hier bist. Dass wir ungestört wären. Wie hast du dir überhaupt Zutritt verschafft?«

Till zog einen Schlüssel aus der Hosentasche und hielt ihn hoch.

»Woher?«

»Gute Kontakte.«

Leo lächelte. Für einen Moment war er versucht, nachzuhaken. Letztlich spielte es allerdings keine Rolle. Er würde ohnehin nichts gegen Till unternehmen.

»Worüber willst du reden?«, fragte sein Freund.

In diesem Augenblick vibrierte das Handy in Leos Hosentasche. Er hatte es im Taxi lautlos gestellt, damit ihn kein Anruf verriet, während er sich in die Diele schlich. Leo zog es heraus und schaute aufs Display. »Scheiße.«

»Wer ist das?«, fragte Till.

Leo drückte den Anrufer weg.

»Wer war das?«

»Du kannst dir nicht vorstellen, welche verrückten Gedanken mir durch den Kopf gehen«, murmelte er, schleppte sich zur Couch und ließ sich darauf fallen.

»Lass mich dran teilhaben. Manchmal hilft es, Probleme laut auszusprechen, statt sie in sich hineinzufressen.«

»Das gerade eben war Amelie. Also mit dem Telefon, das du ihr gegeben hast.«

»Wieso bist du nicht rangegangen?«

»Sie ist so anders, Till. Schon in den letzten Tagen war sie anders. Aber jetzt? Es ist fast so ...«, er hielt inne und suchte nach den richtigen Worten, »... als würde sie die Aufmerksamkeit genießen. Hört sich das schrecklich an?«

»Nicht, wenn du es so empfindest.«

Wieder vibrierte das Telefon.

»Amelie?«, vergewisserte sich Till.

»Ja«, sagte Leo. »Soll ich rangehen?«

»Kann vielleicht nicht schaden. Sonst wird sie misstrauisch.«

Leo zögerte. Schließlich nahm er das Gespräch entgegen. »Hey, Schatz«, begrüßte er seine Freundin. Er schaltete den Lautsprecher ein.

»Wie lange brauchst du noch?«, fragte sie. »Du bist ja schon ewig weg.«

»Ich suche ein paar Unterlagen zusammen. Du kennst ja mein Chaos.« Er lachte. »Alles in Ordnung bei dir?«

»Ja. Hast du den Lautsprecher an? Oder liegt der Hall am Handy?«

Leo blickte zu Till. Der schüttelte den Kopf.

»Ich höre dich ganz normal«, behauptete Leo. »Das liegt bestimmt an dem billigen Telefon.«

»Okay. Wie lange brauchst du noch?«

»Nicht mehr lange. Und den Rest des Tages verbringen wir zusammen. Versprochen. Soll ich dir was mitbringen? Vom Bäcker oder so?«

»Nein. Hauptsache, du bist schnell zurück. Ich warte auf dich.«

»Ich beeile mich, Liebling. Bis gleich.«

»Mach das.«

Das Telefonat brach ab. Leo blickte zu Till.

»Verstehst du jetzt, was ich meine?«

»Sie war also früher nicht so?«

Leo kratzte sich an der Schläfe und starrte ins Leere. »Dazu muss ich dir wohl erzählen, wie wir uns kennengelernt haben. Mit Amelie zusammen zu sein, ist wie eine Achterbahnfahrt. Manchmal geht es steil aufwärts und dann wieder rasant bergab. Sie ... oh Gott ... sie ...« Er zuckte hilflos mit den Achseln. »Das klingt so scheiße«, flüsterte er, »aber manchmal habe ich mich gefragt, ob sie psychologische Hilfe braucht. Allerdings merkt man ihr das nur an, wenn man sie lange kennt.«

»So wie du«, sagte Till.

»So wie ich«, bestätigte er.

»Was liegt dir auf dem Herzen?«

52

In der untersten Ebene stand tatsächlich ein weißer Transporter. Kein anderes Fahrzeug parkte zu so früher Uhrzeit hier unten.

Miriam zog ihre Waffe und richtete den Lauf zu Boden. Aus dem Augenwinkel sah sie, wie Bastian ebenfalls die Dienstpistole zückte. Sie hob eine Hand und trudelte langsam aus. Mit einem Blick über die Schulter überzeugte sie sich davon, dass die Wiesbadener keinen Alleingang unternahmen. Bastian übernahm das Kommando. Er deutete zur Seitentür und schaute zu Miriam. Die nickte. Obwohl es in der Parkebene düster und der Wagen noch gut fünfzig Schritte entfernt war, konnte sie das Kennzeichen entziffern. Es handelte sich um das gestohlene Nummernschild. Sie hatten das Entführungsauto gefunden. Aber war das auch das Ende der Entführung und somit Sofies Rettung? Oder würde in dem Wagen eine böse Überraschung auf sie warten?

Bastian ging zu Drosten und flüsterte ihm etwas ins Ohr. Der nickte. Unterdessen näherte sich Miriam geduckt der Schiebetür. Wartete der Entführer im Fahrzeug und würde das Feuer eröffnen? Sie versuchte, außerhalb des Sichtfelds vom Außenspiegel zu bleiben.

Als würden sie schon ewig zusammenarbeiten, verteilten sich die fünf Polizisten um das Fahrzeug herum. Bastian übernahm die Fahrerseite, Kraft und Sommer huschten zur hinteren Tür, Drosten hielt etwas Abstand. Er hob eine Hand und streckte drei Finger aus. Dann begann er, stumm den Countdown abzuzählen. Als er den letzten Finger einklappte, rissen sie die Türen auf.

»Polizei!«

»Keine Bewegung!«

»Hände hoch!«

Von der Lieferfläche ertönte ein Schrei. Miriam atmete erleichtert auf. Der Entführer hatte ihnen keine Leiche als Abschiedsgruß hinterlassen. Stattdessen schaute Sofie sie mit großen Augen an. Ihr Kopf ruckte hin und her.

»Gott sei Dank«, sagte sie, als die Polizisten ihre Waffen einsteckten.

»Wo ist der Entführer?«, fragte Miriam. Sie kletterte in das Fahrzeug hinein. Vielleicht würde sie so Spuren verwischen, doch die Befreiung der verängstigten Geisel hatte Priorität.

»Er ist einfach abgehauen«, antwortete Sofie.

Miriam musterte die Handschellen. Kein Polizeimodell. Sah eher nach einer Variante aus, wie man sie als Sexzubehör kaufen konnte.

»Wie lange ist das ungefähr her?«, fragte sie.

»Zehn Minuten«, erwiderte Sofie unsicher. »Höchstens eine Viertelstunde. Er hat mir eine Hand um die Kehle gelegt und gesagt, ich hätte einfach nur eine Freundin anrufen sollen. Ich war überzeugt, er würde mich töten. Dann hat er von mir abgelassen, mir einen letzten Blick zugeworfen und ist verschwunden. Ich habe geglaubt, er würde jeden Augenblick wiederkommen. Als Sie gerade die

Türen aufgerissen haben ... oh Gott ... ich war sicher, er ist das.«

»Warum haben Sie nicht um Hilfe gerufen, als sie allein waren?«

»Weil er es mir verboten hat. Immer wenn ich allein war, musste ich leise sein.« Sie zerrte plötzlich wie von Sinnen an den Handschellen. Der Ausdruck in ihren Augen veränderte sich. Die Furcht verschwand und machte nackter Panik Platz. »Befreien Sie mich! Bitte! Ich will endlich nach Hause.«

»Ich habe nicht den richtigen Schlüssel«, erklärte Miriam. »Wir brauchen einen Bolzenschneider.«

»Der Schlüssel ist im Handschuhfach!«, sagte Sofie. »Bitte!« Sie riss immer wieder an ihren Fesseln und stöhnte dabei. Offensichtlich fügte sie sich selbst Schmerzen zu.

Miriam beugte sich über den Beifahrersitz und öffnete das Fach. Tatsächlich lag ein kleiner Schlüssel darin. Sie nahm ihn heraus.

»Halten Sie still«, sagte sie zu Sofie. »Sonst verletze ich Sie noch.«

Sofie zerrte ein letztes Mal an den Fesseln, dann erschlaffte ihr Körper. Der Schlüssel passte. Miriam befreite sie, und als wäre dadurch eine letzte Barriere gefallen, brach Sofie in Tränen aus. Sie rieb sich die Gelenke und weinte hemmungslos. Miriam nahm die Frau, die am ganzen Leib zitterte, in den Arm und warf Bastian einen Blick zu. »Parkhausaufsicht«, sagte sie leise. »Überwachungsvideos.«

Bastian nickte.

»Lassen Sie mich nicht allein«, flehte Sofie. »Sonst kommt er zurück.« Sie war über ihr Schluchzen kaum zu vernehmen.

»Ich bleibe bei Ihnen«, versprach Miriam. »Ihnen kann nichts mehr passieren. Alles ist gut.«

»Er wollte mich umbringen. Hätte ich keine Freundin

zu ihm gelockt, hätte er mich zur Strafe getötet. Amelie hat mich angerufen. Warum hat sie das gemacht? Wir sind Freundinnen. Wie konnte sie bloß?« Die Worte sprudelten nur so aus Sofie heraus.

Miriam hatte den Eindruck, dass sie rasch ein Beruhigungsmittel brauchte. Es würde wohl noch dauern, bis sie brauchbare Hinweise von ihr bekämen.

»Er hat nicht gesagt, wohin es ihn verschlägt?«

Sofie schaute verängstigt zu ihr. Sie schien den Sinn der Frage nicht zu verstehen. Mit jeder Minute verschlechterte sich ihr Zustand.

»Krankenwagen«, sagte Miriam laut. »Frau Klaiber braucht ein Beruhigungsmittel.«

Drosten nickte.

53

Gemeinsam mit Lukas Sommer rannte Bastian die Etagen zum Erdgeschoss hoch. In dem kleinen Aufseherhäuschen saß niemand. Bastian erblickte einen Zettel, auf dem eine Notfallnummer stand. Er zeigte darauf. Sommer nickte.

»Einen Versuch ist es wert«, sagte er.

Bastian zog sein Telefon aus der Tasche und wählte die Nummer. Das Freizeichen erklang.

»Ingo Breuner«, meldete sich rasch ein Mann. »Wie kann ich Ihnen helfen?«

»Hauptkommissar Dorfer, LKA Hamburg. Sind Sie ...«

»Warten Sie gerade vor meinem Arbeitsplatz?«, unterbrach Breuner ihn. »Zumindest sehe ich einen Mann mit Telefon am Ohr.«

Überrascht drehte sich Dorfer um. Eine Person betrat das Parkhaus und beschleunigte den Schritt.

Zwei Minuten später schloss Breuner ihnen die Tür zum Überwachungsraum auf.

»Die Videos werden achtundvierzig Stunden gespeichert, bevor sie sich selbst überschreiben«, erklärte er.

»Das ist ein automatisierter Prozess?«, vergewisserte sich Sommer. »Oder muss den jemand starten?«

»Automatisiert. In jeder Etage sind drei Kameras angebracht, sodass wirklich alle Winkel abgedeckt sind. Außerdem hängen im Treppenhaus auf jeder Etage Kameras, und der Kassenautomat im Erdgeschoss wird ebenfalls überwacht. Ab und zu haben wir Probleme mit Betrunkenen, die Kameras zerstören. Aber in den letzten Wochen ist das nicht passiert.«

»Wie schon erklärt, steht in der untersten Ebene ein weißer Lieferwagen«, sagte Bastian. »Der Fahrer dürfte vor etwa fünfzehn Minuten das Fahrzeug verlassen haben. Das würde ich mir gern ansehen.«

»Kein Problem.« Breuner setzte sich hinter den Schreibtisch des Videoraums und startete den Computer. Das System fuhr rasch hoch, und Breuner loggte sich mit seinen Zugangsdaten ein. Die vier Bildschirme vor ihm erwachten zum Leben.

»Vor einer Viertelstunde?«, fragte er.

»Vielleicht wäre es gut, auch die Ankunft des Fahrzeugs zu sehen. Das dürfte höchstens eine halbe Stunde her sein.«

Breuner schaute auf seine Uhr und gab dann im System eine Zeit ein. Er startete die Aufzeichnung, auf der zunächst nichts zu sehen war.

»Ich vervierfache die Geschwindigkeit«, schlug Breuner vor.

Es dauerte nicht lange, bis der Lieferwagen auftauchte und vom Fahrer abgestellt wurde. Breuner wechselte auf doppelte Abspielgeschwindigkeit. Einige Zeit passierte nichts. Bis sich schließlich die hintere Tür öffnete. Der Entführer sprang heraus und schaute in den Wagen hinein. Er warf die

Tür zu und blieb unschlüssig stehen. Sein Blick irrte umher. Es dauerte eine Weile, bis er eine Entscheidung traf. Dann lief er aufs Treppenhaus zu und verschwand von den Monitoren.

»Können Sie seinen Weg verfolgen?«, fragte Sommer.

»Wenn er sich nicht in Luft aufgelöst hat«, erwiderte Breuner amüsiert.

Er fror auf einem Bildschirm den Zeitstempel ein und kopierte ihn ins System. Dann wechselte er zu den Aufzeichnungen aus dem Treppenhaus. Immer wieder war der Entführer auf seinem Weg nach oben zu sehen, bevor er im Erdgeschoss ankam und das Gebäude verließ. Er schien sich nach links zu wenden.

»Gibt es auch Außenkameras?«, fragte Bastian.

»Leider nicht«, antwortete Breuner. »Das war's, was ich Ihnen vorführen kann.«

»Danke. Sie haben uns sehr geholfen«, sagte Bastian. Im Kopf leierte er bereits die nächsten Schritte an. Mit Hilfe der Bundespolizei müssten sie den Flughafen und die großen Bahnhöfe kontrollieren. »Ich brauche jetzt bloß noch ein gutes Standbild des Mannes, das wir für die Fahndung nutzen können. Kriegen Sie das hin?«

»Überhaupt kein Problem«, antwortete Breuner. »Alles eine Frage der Technik.« Der Mann schmunzelte.

54

Er saß in einem Linienbus und starrte aus dem Fenster. Die Haltestelle, an der er zugestiegen war, lag einen halben Kilometer vom Parkhaus entfernt, und der Bus fuhr zum Glück in die entgegengesetzte Richtung. An dem Gebäude vorbeizufahren und dabei vielleicht schon Bullen zu entdecken, hätte ihn bloß nervöser gemacht.

Verdammter Taxifahrer. Garantiert hatte er den Notruf alarmiert. Er hatte es dem Mann angesehen. Die Erkenntnis, plötzlich Teil eines bedeutenden Spiels zu sein. Da die Bullen wussten, wo der Taxifahrer ihn gesehen hatte, würden sie die Umgebung abfahren und früher oder später das Parkhaus überprüfen.

Seit dem ersten Gefangenenaustausch war nichts wie erhofft gelaufen. Allerdings gehörte ein solcher Fehlschlag wohl dazu, und er würde daraus lernen. Nie wieder würde er einem seiner Mädchen erlauben, sich schon am Abend einzulösen. Das hatte ihn zu sehr unter Zugzwang gesetzt. Zukünftig würde die erste Geisel immer die Nacht mit ihm verbringen müssen, und vielleicht würde er dann schon seine aufgestaute sexuelle Energie an ihr abbauen. Was spräche dagegen, das erste Opfer zu missbrauchen, solang er es nicht tötete? Umso erpichter wäre es darauf, sich am nächsten Morgen einzutauschen.

Vielleicht hatte dieser Fehlschlag am Ende sogar einen positiven Effekt. Er müsste aus Hamburg verschwinden, bevor er sich Gedanken um die nächste Entführung machte. Der Flughafen kam dafür nicht infrage. Er verfügte zwar über mehrere gefälschte Dokumente, bezweifelte jedoch, dass sie einer Kontrolle der Bundespolizei standhalten würden. Der Hauptbahnhof schied ebenfalls aus. Sobald die Bullen den Lieferwagen gefunden hätten, würden sie versuchen, ihn mit einer Großfahndung ins Netz zu treiben. Der Hauptbahnhof würde dabei ganz oben auf ihrer Prioritätenliste stehen. Daher würde er ihn meiden. Bei seinen Recherchen über Hamburg war er auf die Regionalbahnhöfe aufmerksam geworden, die Anschluss an den Fernverkehr boten. Altona, Dammtor oder Harburg. Potenzielle Möglichkeiten, um in einen ICE oder IC zu steigen, der ihn schnell aus der Stadt brachte.

Wäre es vielleicht klüger, eine Autovermietung anzusteuern? Zu seinen gefälschten Dokumenten gehörten ein Führerschein, ein Personalausweis und eine Prepaid-Kreditkarte, die mit eintausend Euro aufgefüllt war. Ein Auto anzumieten, um damit aus der Stadt zu verschwinden, wäre machbar. Allerdings würden die Bullen dadurch im Laufe ihrer Ermittlungen wahrscheinlich auf seine falsche Identität aufmerksam werden, die er nur ungern aufgeben würde. Es war sehr kostspielig, solche Dokumente erstellen zu lassen.

Wäre es vielleicht besser, zunächst mit diversen Linienbussen ins Umland zu fahren und so die Spuren zu verwischen?

Er zog sein Telefon aus der Hosentasche und vertiefte

sich in den Linienplan der Hamburger Verkehrsbetriebe, den er sich bereits vor Tagen heruntergeladen hatte.

Nach einer Weile schaute er aus dem Fenster. Er musste eine Entscheidung treffen. Eine Haltestelle war gerade gut zu erreichen. Er drückte den Halteknopf und stand auf. An der Bustür fischte er eine Basecap aus der Jackentasche, die er sich tief in die Stirn zog. Er hatte die Kappe in der Tiefgarage und auf dem Weg zur Bushaltestelle absichtlich nicht aufgesetzt. Die Bullen würden also nicht unbedingt nach einem Mann mit Sportkappe suchen.

Der Bus hielt an der Haltestelle. Zischend glitten die Türen auf. Er stieg aus und schaute sich um. Nirgendwo war ein Polizist zu sehen. Hoffentlich blieb das noch eine Weile so.

55

10 Uhr 23

Till und Leo sahen einander an. Sie hatten in den letzten Minuten ausführlich über Amelie gesprochen. Nicht nur über die Möglichkeit, dass sie selbst hinter ihrer Entführung stecken könnte, sondern auch über ihre Psyche.

»Das ist alles bloß ein Hirngespinst«, sagte Leo leise. »Unmöglich! Das hätte mir doch auffallen müssen.«

Was sollte Till darauf erwidern? Wenn er Leo als Tatverdächtigen ausschloss und nicht an einen Zufall beim Zeitpunkt der Entführung glaubte, blieb nur eine Lösung übrig.

»Als sie sich damals nach meinem Kreuzbandriss um mich gekümmert hat, war sie so liebevoll. Till, du kannst dir das nicht vorstellen. Sie hat mir so sehr durch die schwere Zeit geholfen. Ich war Single und kaum in der Lage, auch nur die kleinste Besorgung zu erledigen. Nach einer Therapiestunde fragte sie mich, wie ich mit dem Haushalt zurechtkäme. Ich habe sofort gespürt, dass hinter der Frage mehr steckte. Deswegen habe ich ihr verschwiegen, dass mir mein Nachbar manchmal bei den Einkäufen half. Ich wollte hören, was sie zu sagen hatte. Und dann bot sie mir an, für mich einkaufen zu gehen, noch am selben Abend. Ein paar Stunden später klingelte es an der Wohnungstür, ich machte auf, und sie kam mit zwei vollgepackten Tüten hoch. Räumte alles ein, setzte sich danach zu mir. Sie streichelte mein Knie. Wir küssten uns.« Leo starrte auf den Fußboden, offenbar versunken in der Erinnerung. »Sie sagte, ich müsste wegen meines Knies vorsichtig sein und ihr die Initiative überlassen. Der Sex an dem Abend war unbeschreiblich. Zärtlich, rücksichtsvoll, behutsam. Ich konnte das alles nicht glauben. Sie verbrachte direkt die Nacht hier. Bis ich wieder vernünftig laufen konnte, haben wir jede freie Minute geteilt. Ich frage mich im Nachhinein, ob mein hilfloser Zustand sie erregt hat. Ob sie sich auch für mich interessiert hätte, wenn wir uns in einer Kneipe begegnet wären.«

»Hast du sie das jemals gefragt?«

Leo schüttelte den Kopf. »Bin ich wahnsinnig? Ich kann mir gut vorstellen, wie sie darauf reagiert hätte. Auf den Streit konnte ich gut verzichten. Ich liebe sie. Amelie ist die hübscheste Frau, mit der ich je zusammen war.« Er seufzte unglücklich. »Das Schlimme ist, als sie das erste Mal diesen Musicaldarsteller erwähnte, war ich sofort alarmiert. Holte sie sich bei ihm etwas, das ich ihr nicht mehr geben konnte, weil ich wieder gesund war?«

Till dachte über die Vermutung nach. Es gab ein psychologisches Krankheitsbild, das in gewisser Weise zu dem passte, worüber Leo gerade spekulierte. Eine Frau, die es genoss, wenn ihr erwachsener Partner wegen einer Krankheit oder auch einer Verletzung hilflos war.

»Hat es je Beinaheunfälle gegeben, als ihr zusammen wart?«, fragte er.

»Was meinst du?«

Till suchte nach einem guten Beispiel. »Hat sie jemals versehentlich einen Hammer fallen lassen, der fast deinen nackten Fuß getroffen hätte? Wo du vielleicht erst im letzten Moment ausweichen konntest?«

Leo lachte. Der Gedanke schien ihn nicht zu überzeugen. »Niemals.«

»Wer von euch beiden hat häufiger gekocht?«

»Amelie. Sie kann das viel besser als ich.«

»Hast du je über Unwohlsein geklagt, nachdem sie euch das Essen zubereitet hat?«

Diesen Gedanken schob Leo nicht sofort beiseite. »Ich kann mich an zwei Magenverstimmungen erinnern. Ihr ging es jedes Mal gut, während ich etwas nicht vertragen hatte. Wir hatten keine Erklärung dafür.«

»Hat sie sich um dich gekümmert?«

»Total liebevoll. Ich lag im Bett, und sie hat mich umsorgt. Eigentlich denke ich ganz gern daran zurück, auch wenn ich auf die Magenkrämpfe gut hätte verzichten können. Was geht dir durch den Kopf? Du hast doch irgendwelche Hintergedanken.«

»Ich frage mich, ob sie an einer gewissen psychischen Krankheit leidet. Kennst du das Münchhausen-Stellvertretersyndrom?«

»Wie Baron Münchhausen?«

Till nickte.

»Was ist das?«

»Eine fürchterliche Form der Kindesmisshandlung. Die daran leidende Person, meistens die Mutter des Kindes, provoziert Krankheitssymptome, die einen Gang zum Arzt rechtfertigen. Mütter mit diesem Syndrom gehen voll in der Rolle auf, sich um das vermeintlich kranke Kind zu kümmern. Sie sonnen sich in der Bewunderung ihres sozialen Umfelds, wie sie mit der schweren Last umgehen.

Das kann sogar so weit führen, dass das Kind daran stirbt. Oft spielen Vergiftungen durch Lebensmittel oder Medikamente eine wichtige Rolle.«

»Furchtbar«, sagte Leo. »Aber was hat das mit mir zu tun? Ich bin alles andere als ein Kind. Das trifft also auf mich gar nicht zu.«

»Es gibt eine Unterform, die sich auf Erwachsene bezieht«, erklärte Till.

»Heißt die genauso?«

»Beinahe. Da sprechen Psychologen vom ›Münchhausen-by-Adult-Proxy-Syndrom‹.«

»Klingt verdammt kompliziert.«

»So kompliziert ist das gar nicht. Der Täter erfindet, verursacht oder übersteigert beim Opfer eine Krankheit, um sich anschließend vermeintlich bis zur Selbstaufgabe um die erkrankte Person zu kümmern.«

»Aber was hat das mit Amelie und mir zu tun?«, fragte Leo. »Ich bin nicht krank. Ja. Damals mit dem Kreuzbandriss, da konnte sie mich gut pflegen. Hat mehr getan, als ihr Job verlangt hat. Aber sie hat die Knieverletzung ja nicht verursacht. Das ist beim Betriebssport passiert. Da kannte ich sie nicht einmal. Und überhaupt. Es war purer Zufall, dass ich bei ihr als Physiotherapeutin gelandet bin. Was soll das mit der Entführung zu tun zu haben? Ich sehe den Zusammenhang nicht.« Leo klang aufrichtig verwirrt.

Till wog seine Worte mit Bedacht ab. »Am Anfang eurer Beziehung ist sie darin aufgegangen, dich zu pflegen. Wenn ich dich richtig verstanden habe, war das eure beste Zeit.«

»Ist das nicht immer so?«

Till verzichtete darauf, zu widersprechen. Welchen Sinn hätte es, zu erklären, dass eine gute Beziehung im Laufe der Jahre wie ein Baum Wurzeln schlug, die sich ausbreiteten? »Als sie sich nicht mehr um dich kümmern konnte, lernte sie einen anderen Mann kennen«, sagte er stattdessen. »Beinahe wäre eure Partnerschaft daran gescheitert. Allerdings hat sie sich am Ende für dich entschieden.«

»Warum auch immer«, murmelte Leo. »Vielleicht wollte der Heini sie nicht.«

»Und dann dreht sie den Spieß um. Sie braucht die Abhängigkeit. Das Gefühl, das man sich umeinander kümmert. Da sie es bei dir nicht hinbekommt, dich hilflos zu machen, fragt sie sich, wie es wäre, selbst die pflegebedürftige Person zu sein. Wie siehst du das mit euch beiden denn?«

Leo starrte ins Leere. »Sie braucht mich, um das alles zu verarbeiten«, murmelte er.

»Plötzlich ist also *sie* das Opfer.«

»Wer sonst?«

»Du fühlst dich verpflichtet, ihr durch diese schwere Zeit zu helfen.«

»Natürlich! Sie hat den reinsten Horror erlebt. Und wenn niemand Sofie rettet ... Ich mag mir gar nicht ausmalen, was das für Amelie bedeutet. Für ihre geistige Gesundheit.«

»Egal, wie es um eure Beziehung steht, du würdest sie momentan nicht verlassen.«

»Jetzt?«, fragte Leo aufrichtig überrascht. »So ein Unmensch kann ich gar nicht sein.«

»Aber du hast in den letzten Monaten mit dem Gedanken gespielt, dich von ihr zu trennen.«

Leo presste die Lippen zusammen. Er nickte kaum merklich.

»Hat sie das geahnt?«, fragte Till.

Leo zuckte mit den Schultern. Seine Hilflosigkeit stand ihm ins Gesicht geschrieben.

»Vielleicht wollte sie dich an sich binden. Was weißt du über ihre früheren Beziehungen? Wer hat jeweils Schluss gemacht? Sie oder ihre Partner?«

»Meistens Amelie. Zumindest hat sie das erzählt. Ich habe keinen ihrer Ex-Freunde kennengelernt.«

»Sie will dich an sich binden«, wiederholte Till leise. »Dich krank zu machen, gelingt ihr nicht. Also dreht sie den Spieß um. Sucht im Internet, im Darknet nach ... einer Dienstleistung. Gibt sich als Mann aus, der sich an seiner Ex rächen will. Stößt auf ein dubioses Angebot. Vielleicht klingt das alles harmlos. Sie hat bestimmt nicht ihren eigenen Tod einkalkuliert. Eventuell engagiert sie jemanden für einen fingierten kleinen Rachefeldzug. Der Auftragnehmer bittet um Informationen. Er muss wissen, wann und wo er die Zielperson am besten abfangen kann. Amelie nennt ihm den Termin unserer Verabredung. Möglicherweise sogar, um dir ein Alibi zu verschaffen. Der Mann fängt sie an der Tür ab, und es läuft aus dem Ruder. Sie ahnt, dass sie einen schweren Fehler gemacht hat. Deshalb setzt sie alles daran, so schnell wie möglich von ihm wegzukommen. Sie war die erste Gefangene, die sich gleich am ersten Abend eingelöst hat. Warum? Hat sie befürchtet, das könnte ein böses Ende nehmen?«

»Scheiße!« Leo sprang auf und ging ans Fenster. »So, wie du das schilderst ... nein ... das kann nicht sein. Setz mir keinen Floh ins Ohr. Amelie kann das nicht beauftragt haben. Wieso sollte sie sich selbst schaden?«

»Weil sie keine Ahnung davon hatte, was ihr wirklich drohte.«

Leo drehte sich wieder zu ihm um. »Sag mir, dass das nicht sein kann. Bitte!«

Till knetete sich die Lippen. Das Gespräch mit Leo hatte ihm Seiten an Amelie offenbart, die zu einer solch gestörten Persönlichkeit passen würden. Trotzdem war es kein Beweis. Nur weil etwas theoretisch möglich war, musste es sich nicht so zugetragen haben.

»Du solltest dich bei ihr melden«, schlug er vor. »Seit

ihrem Anruf ist viel Zeit vergangen. Wundert mich, dass sie es kein zweites Mal versucht hat.«

»Und dann? Soll ich sie fragen, ob sie ihre Entführung selbst beauftragt hat?« Er schnaubte verächtlich.

»Nein. Aber behalte das alles im Hinterkopf. Als mögliche Erklärung. Vorläufig geht's darum, Sofie wohlbehalten zu retten. Irgendwann müssen wir auch die Hintergründe aufdecken.«

»Dann fahre ich also jetzt wieder zu ihr und tu so, als hätte unser Gespräch nie stattgefunden.«

»Traust du dir das zu?«

Leo dachte kurz nach. »Ja. Ich kann mir nämlich nicht vorstellen, dass es sich so abgespielt hat.«

Till wollte ihm nichts einreden. Der Verdacht war auch in ihm nur langsam gereift. Unter anderem wegen der Details, die Leo über Amelies Charakter preisgegeben hatte. Aber auch durch den Umstand, dass Till einen Zufall beim Zeitpunkt der Entführung ausschloss. Jemand musste dem Täter die richtigen Informationen gesteckt haben. Leo schien es nicht gewesen zu sein.

Sein Freund griff zum Handy. »Ich rufe sie an. Sage ihr, dass ich jetzt wieder losfahre. Ist es okay, wenn ich den Lautsprecher nicht einschalte?«

»Kein Problem«, antwortete Till.

Leo wählte die Nummer des Handys, das Till besorgt hatte. Einen Augenblick später runzelte er die Stirn. »Da kommt kein Freizeichen.«

»Ich hatte keine Mailbox aktiviert«, erklärte Till.

»Ich probier's noch mal.« Sekunden später legte er das Handy beiseite. »Schon wieder.« Ratlos schaute er seinen Freund an. »Wieso reagiert sie nicht auf meinen Anruf?«

»Warten wir ein paar Minuten.«

Die Zeit verstrich quälend langsam. Schließlich wählte Leo die Nummer zum dritten Mal an – am Ergebnis änderte sich nichts. »Wo ist sie? Hat der Entführer sie wieder in die Finger bekommen?«

»Ausgeschlossen«, sagte Till. »Nicht, wenn sie in der Wohnung geblieben ist.«

»Vielleicht ist sie aufgebrochen und sucht auf eigene Faust nach ihm. Um Sofie zu retten. Und jetzt ... oh Gott!«

»Soll ich Miriam Bescheid geben? Dass wir Amelie nicht erreichen können? Und dann fahren wir direkt in die Wohnung.«

»Mach das!«, sagte Leo.

»Darf ich mit Miriam über meine ... *Idee* sprechen?«

»Wenn's sein muss. Beeil dich bitte. Ich hab ein ganzes mieses Gefühl und will zurück in die Wohnung. Oh Gott. Till! Was geht da bloß vor sich?«

»Rufen wir Miriam von unterwegs an«, schlug Till vor.

Leos Gesicht hellte sich auf. Er eilte zur Wohnungstür und riss sie auf. Till folgte ihm. Aus der Hosentasche angelte er sein Smartphone. Noch im Hausflur wählte er Miriams Nummer.

56

Miriams Telefon übertrug Tills Rufnummer. Da er bislang nicht über die neueste Entwicklung Bescheid wusste, entfernte sie sich ein wenig von den Kollegen und nahm das Gespräch entgegen. Zumindest kurz hatte sie Zeit für ihn, bevor die Ermittlungen sie voll in Beschlag nehmen würden.

»Hey«, begrüßte sie ihn. »Es gibt fantastische Neuigkeiten. Sofie Klaiber. Wir haben sie gerettet. Der Entführer hat den Wagen in einem Parkhaus abgestellt und sie zurückgelassen. Den entscheidenden Hinweis haben wir einem aufmerksamen Taxifahrer zu verdanken. Dem ist der Transporter aufgefallen. Sofie ist unversehrt.«

»Wie geht's ihr psychisch?«

»Stark mitgenommen. Sie ist auf dem Weg ins UKE. Ich denke, sie wird lange daran zu knabbern haben. Aber es hätte alles viel schlimmer kommen können.«

»Das wird Leo beruhigen.«

Miriam stutzte. Wieso sprach er von seinem Freund? Die Nachricht würde doch Amelie viel mehr erleichtern als Theo. »Weswegen rufst du an?«

Till schilderte, was sich in der letzten Stunde zugetragen

hatte. Er äußerte den Verdacht gegen Amelie eher durch die Blume, trotzdem begriff Miriam sofort.

»Sie ist allein in der Ferienwohnung?«

»Sollte sie«, antwortete Till. »Wir sind auf dem Weg dorthin. Ans Telefon geht sie gerade nicht. Vielleicht schläft sie bloß, und das ist falscher Alarm.«

»Halt mich auf dem Laufenden«, bat Miriam. »Wenn sie nichts damit zu tun hat, wird sie froh über die Neuigkeiten sein.«

»Sobald wir in der Wohnung sind und sich eine Gelegenheit ergibt, schick ich dir eine Nachricht oder rufe an.«

»Ich warte darauf.« Miriam beendete das Telefonat.

Bastian hatte sie beobachtet und kam nun näher. »Alles in Ordnung?«

»Weiß nicht.« Miriam dachte über Tills Verdacht nach. Konnte er recht haben?

57

Nachdem Till das Gespräch beendet hatte, trat er aus dem Gebäude.

Leo war bereits vorgegangen und hatte nicht mitgehört. Er wartete auf dem Bürgersteig. »Was sagt deine Freundin?«, erkundigte er sich.

»Sofie ist gerettet!«

Leos Mundwinkel hoben sich. »Ja!« Er ballte eine Faust. »Ist sie unverletzt? Und der Täter? Was ist mit dem?«

»Einzelheiten weiß ich noch nicht. Er hat den Wagen in einem Parkhaus zurückgelassen, wo die Polizei Sofie unversehrt vorgefunden hat.«

»Gott sei Dank!«, sagte Leo. »Das wird Amelie beruhigen.«

Till schoss ein anderer Gedanke durch den Kopf. Wieso war sie ausgerechnet jetzt telefonisch nicht erreichbar? Hatte das irgendetwas mit der Flucht des Entführers zu tun? Hatten die beiden vielleicht sogar seit gestern Abend Kontakt zueinander? Das würde alles verändern.

Till und Leo setzten sich in den Wagen.

»Wir sollten überlegen, wie wir uns gegenüber Amelie verhalten«, sagte Till.

»Wir müssen ihr das sagen. Sie wird so glücklich sein. Am liebsten würde ich sie anrufen. Warte! Ich probier's noch mal.«

Leos schien Amelies Beteiligung an der Sache ins Reich der Fabeln geschoben zu haben. Sekunden später fiel seine Euphorie zumindest teilweise wieder in sich zusammen. »Ich erreiche sie nicht.«

»Sie könnte gefährlich sein«, sagte Till. »Auch wenn dir das unwahrscheinlich vorkommt.«

»Das ist absurd. Je länger ich darüber nachdenke, desto verrückter klingt das. Amelie hat niemals ihre Entführung arrangiert. Das ergibt keinen Sinn. Ich kann deine Gedankengänge zwar verstehen, aber du irrst dich.«

Till hatte diesen Sinneswandel bei seinem Freund befürchtet. Wenn es im Apartment hart auf hart kommen würde, durfte er sich nicht auf Leos Hilfe verlassen. Ganz im Gegenteil. Im schlimmsten Fall hätte er es mit zwei Gegnern zu tun.

Till fuhr los. Es erschien ihm sinnvoller, seinen Verdacht nicht weiter zu thematisieren. Es wäre unklug, Leo gegen sich aufzubringen.

»Wieso hat der Mistkerl Sofie im Wagen zurückgelassen?«

»Ich schätze, das war eine Panikreaktion. Ein Taxifahrer ist auf den Lieferwagen aufmerksam geworden. Einzelheiten kenne ich noch nicht.«

»Hauptsache, es ist vorbei«, murmelte Leo. »Mein Liebling wird so froh sein.«

Till brummte zustimmend. Leo warf ihm einen kurzen Seitenblick zu, kommentierte die Reaktion jedoch nicht. Schweigend fuhren sie die gut frequentierten Hamburger Straßen entlang. Till dachte über seine Vermutung nach. Er unterstellte Amelie eine Art Müchhausen-Syndrom. Nicht in einer klassischen Ausprägung, und vielleicht könnte ein Psychiater sogar eine treffendere Diagnose abgeben. Was Leo ihm geschildert hatte, weckte Tills Misstrauen. Aber eventuell war sie auch einfach bloß eine überfürsorgliche Person. In vielen Frauen steckte der Wunsch, sich um andere zu kümmern. Deswegen ergriffen zahlreiche von ihnen so skandalös unterbezahlte Berufe wie Kranken- oder Altenpflegerin. Ohne diesen Beitrag würde die Gesellschaft deutlich schlechter funktionieren. Nur, weil Amelie aufzublühen schien, wenn sie sich um jemanden kümmern konnte, war sie keine Straftäterin. Es waren die Einzelheiten, die Till misstrauisch machten. Zum Beispiel, wie sie sich in Streitsituationen verhielt. Leo hatte ihm das ausführlich erzählt. Sie warf ihm rasch vor, dass er nicht sehen würde, was sie für ihn und die gemeinsame Beziehung leisten würde. Unterstellte ihm, undankbar zu sein und sie nicht wertzuschätzen. Außerdem hatte Leo behauptet, sie würde manchmal wegen Nichtigkeiten einen Streit anzetteln, nur um anschließend wieder besonders anhänglich zu sein. Er stellte sich die Frage, ob sich das alles noch im normalen Rahmen bewegte. Eines stand für Till fest: Jemand hatte dem Entführer detaillierte Informationen gegeben. Leo schied seiner Meinung nach aus. So gut konnte sein Freund nicht schauspielern. Andere Erklärungen kamen anscheinend nicht infrage. Von einer älteren Arbeitskollegin abgesehen, hatte Amelie mit niemandem über die bevorstehende Verabredung gesprochen. In den sozialen Medien hatte sie ihren Aufbruch von zu Hause nicht erwähnt. Am Ende lief es auf die Frage hinaus, woher der Entführer seine Informationen bekommen hatte. Gab es harmlose Erklärungen? War es ihm zum Beispiel gelungen, Amelies Handy zu tracken, um ein Bewegungsprofil zu erstellen?

»Woran denkst du?«, wollte Leo wissen.

»An Sofie«, behauptete Till. »Hoffentlich bekommt sie psychologische Hilfe.«

Leo nickte übertrieben. »Das wünsche ich ihr. Wenn sie das einigermaßen verkraftet hat, sollten sich Amelie und Sofie aussprechen. Oder was meinst du? Ich will nicht, dass Sofie meine Freundin hasst. Sie versteht hoffentlich, warum meinem Schatz keine andere Wahl blieb.«

»An so eine Aussprache zu denken, ist viel zu früh. Irgendwann kann man das ins Auge fassen. Aber Amelie darf nicht traurig sein, falls Sofie daran erst mal kein Interesse hat. Das würde mich nicht wundern. Die Verletzung muss verheilen, bevor sich die beiden Frauen zusammensetzen können.«

Leo zögerte mit der Antwort. »Wahrscheinlich hast du recht«, sagte er schließlich. »Mein armer Schatz! Sie kann nichts dafür. Sie ist selbst ein Opfer!«

Leo hatte sich wieder vollständig hinter Amelie gestellt. Unterstützung konnte Till vorläufig nicht von ihm erwarten.

Sie erreichten das Haus mit der Ferienwohnung. Till fand einen Parkplatz auf der gegenüberliegenden Straßenseite. Er stieg aus und warf einen Blick zu den Fenstern des Apartments hoch, hinter denen er jedoch keine Bewegung ausmachte. Leo hatte einen Wagen passieren lassen und lief bereits über die Straße. »Komm schon«, rief er Till zu. »Ich war viel zu lange weg.«

Till folgte ihm. Sie betraten das Haus und nahmen auf der Treppe immer zwei Stufen auf einmal. An der Wohnungstür legte Till seinem Freund die Hand auf die Schulter.

»Warte kurz.« Er lauschte an der Tür. »Nichts zu hören.«

Till trat einen Schritt beiseite. Leo führte mit zittriger Hand den Schlüssel ein. Er brauchte zwei Versuche. Die Wohnung war nicht abgeschlossen. Leo stieß die Tür auf. Im Badezimmer lief die Dusche, gleichzeitig schleuderte in der Küche die Waschmaschine.

Leo lachte erleichtert auf. »Deswegen ist sie nicht ans Telefon gegangen. Sie duscht. Nichts weiter! Oh Gott! Was waren wir dumm.« Er lachte erneut. »Liebling?«, rief er. »Ich bin wieder zurück und hab Till mitgebracht.«

Aus dem Bad kam keine Antwort. Hatte Amelie sie noch nicht gehört? Till bezweifelte das. Normalerweise hätte sie ihre Rückkehr mitbekommen müssen. Leo hatte sich laut genug bemerkbar gemacht.

»Ich warte in der Küche«, sagte er. »Du kannst sie ja vorwarnen. Nicht, dass sie sich erschreckt, wenn sie mich sieht.«

»Na klar. Nimm dir aus dem Kühlschrank, was du willst.«

Till ging zur Küche, in der noch immer die Waschmaschine schleuderte. Von der Schwelle aus erkannte er, dass in der Trommel ein härterer Gegenstand ans Glasfenster schlug. Im Waschmittelschaum machte Till ein schwarzes, rechteckiges Objekt aus. »Das darf ja wohl nicht wahr sein«, murmelte er.

»Till?«, rief Leo aus dem Badezimmer. »Ist Amelie bei dir?«

Er ging zur Waschmaschine und hockte sich hin. In dem Schaum schwamm das Mobilfunkgerät, das er Amelie überlassen hatte.

»Fantastisch«, murmelte er.

Leo gesellte sich zu ihm. »Sie ist nicht im Bad«, sagte er. Da sie augenscheinlich auch nicht in der Küche war, ging er ins Schlafzimmer. »Wo ist sie?«

Till schaltete die Maschine aus. Er folgte seinem Freund.

Der schaute ihn ratlos an. »Ich kapier's nicht.«

»In der Waschmaschine liegt das Handy.«

»Was? Wieso?«

»Ist das nicht offensichtlich?«

»Ich weiß nicht, was du meinst.« Leos Stimme wurde schrill.

»Sie hat mit jemandem telefoniert oder gechattet. Vielleicht hat sie auch bloß nach Informationen im Internet gesucht. Auf jeden Fall war es ihr wichtig, dass wir nicht nachvollziehen können, wofür sie das Handy gebraucht hat.«

»Nein!« Leo schüttelte energisch den Kopf. »Nein!«, wiederholte er lauter.

»Leo, sehen wir den Tatsachen ins Auge. Amelie ist verschwunden.« Till schaute sich um. »Hat sie Kleidung mitgenommen?«

»Ich glaube nicht. Also will sie nicht lange wegbleiben. Sonst ...« Er zuckte mit den Achseln.

»Wieso hätte sie das Handy in die Waschmaschine stecken sollen? Das Gerät gehört ihr nicht mal.«

»Es tut mir leid. Ich ersetze dir den Schaden. Das verspreche ich.«

»Darum geht's mir gar nicht. Leo! Für dieses Verhalten gibt's nur eine Erklärung.«

»Vielleicht ist sie auf der Suche nach Sofie. Sie weiß noch nicht, dass sie gerettet ist. Das wird's sein!«

»Wieso liegt dann das Handy in der Waschmaschine?«

»Das war ein Versehen. Bestimmt war sie geistig verwirrt und ...«

Merkte er nicht selbst, wie unglaubwürdig das klang? Zumindest hielt Leo mitten im Satz inne, wankte zurück und setzte sich aufs Bett. »Amelie«, jammerte er.

»Ich rufe Miriam an. Sie muss Bescheid wissen.«

Leo widersprach ihm nicht. Till ging in die Küche. Er

erreichte Miriam auf Anhieb und erzählte ihr alles. »Ich fahre in ihre Wohnung«, erklärte er leise. »Vielleicht finde ich da eine Erklärung.«

»Pass auf dich auf. Und melde dich, sobald du da bist.«

Till beendete das Gespräch und kehrte zu Leo zurück. »Fahren wir zu ihr. Hast du ihren Schlüssel?«

»Glaubst du, sie ist in ihre Wohnung geflüchtet?« Hoffnungsvoll sprang er vom Bett auf und zog den Schlüsselbund aus der Hosentasche. »Ja, ich hab ihren Schlüssel. Gehen wir!«

Zehn Minuten später erreichten sie Amelies Zuhause. Auf dem Weg zur Haustür wurde Leo immer langsamer. Till lief unbeirrt weiter. Er schloss auf und wartete nicht auf seinen Freund. Auch in diesem Treppenhaus nahm er jeweils zwei Stufen auf einmal. An der Wohnungstür lauschte er erneut, ohne etwas zu vernehmen. Musste er mit einem Hinterhalt rechnen? Das erschien ihm unwahrscheinlich. Er öffnete die Wohnungstür, während Leo sich hinter ihm die Treppe hochschleppte.

»Amelie?«, rief Till.

Keine Antwort.

Dank seiner vorherigen Besuche kannte er sich aus. Er ging zuerst ins Wohnzimmer. Der Laptop hatte zuletzt auf dem Sofatisch gestanden – und war jetzt fort. Amelie war tatsächlich hier gewesen und hatte ihren Computer geholt. Wollte sie damit Spuren verwischen?

Leo stand ratlos in der Diele. Er hatte die Wohnungstür nicht zugedrückt. Till umkurvte ihn und betrat das Schlafzimmer.

»Scheiße!«

Die Kleiderschranktür war geöffnet. Er hatte sie bei seinem Besuch am Morgen definitiv geschlossen. Auf dem

Boden davor lag ein einzelnes T-Shirt. Offenbar hatte Amelie hektisch ein paar Sachen zusammengesucht und keinen Grund gesehen, ihre Spuren zu beseitigen.

Till rief erneut Miriam an. »Sie war in ihrer Wohnung, ist aber ausgeflogen. Ihr Laptop fehlt. Sie hat in großer Hektik Kleidung aus dem Schrank geholt.«

»Also steckt sie irgendwie mit dem Täter unter einer Decke«, spekulierte Miriam.

»Ich vermute nach wie vor, sie hat ihn beauftragt, ohne die Folgen zu ahnen. Aber womöglich geht die Sache sogar noch weiter. Vielleicht hat sie ihn telefonisch gewarnt, und er ist deswegen abgehauen?«

»Das wird sich zeigen. Wir haben den Täter zur Fahndung ausgeschrieben. Flughafen, Hauptbahnhof, auch die kleineren Bahnhöfe werden von der Bundespolizei überwacht. Ich spreche mich mit den Wiesbadenern ab. Scheint ja Sinn zu machen, die Fahndung zu erweitern.«

»Ich sehe mich hier noch in der Wohnung um. Wenn ich etwas finde, was euch hilft, hörst du von mir.« Till beendete das Telefonat.

58

11 Uhr 29

Amelie schaute aus dem Fenster des fahrenden Busses. Nachdem sie aus der Wohnung die wichtigsten Sachen geholt hatte, war sie eine Zeit lang ziellos mit verschiedenen Linien durch die Stadt gefahren. Das hatte ihr geholfen, einen klaren Kopf zu bekommen. Nun wusste sie genau, wie sie vorgehen würde. Am Ende käme es vor allem darauf an, dass man ihr nichts beweisen konnte. Falls man ihr nicht glaubte, würde sie ein überzeugendes Schauspiel aufführen. Selbst wenn sie dafür Leo über die Klinge springen lassen müsste.

Leider waren die vergangenen Stunden nicht so gelaufen, wie sie es sich vorgestellt hatte.

Amelie dachte an ihre Nachforschungen. Zum Glück hatte sie von Anfang an ausschließlich das Darknet genutzt, so könnten die Bullen ihr nichts nachweisen. Nach ihrem enttäuschenden Erlebnis mit Theo, der sie am Ende abserviert hatte, war ihr Hass auf Männer groß gewesen. Eigentlich hätte sie sich an ihm rächen, oder wenigstens die Beziehung mit Leo beenden müssen. Aber sie wollte weder Single sein noch wieder von vorn beginnen. Trotzdem hatte sie darüber nachgedacht, sich einen deutlich älteren Partner zu suchen. Einen Mann, der froh wäre, wenn seine Liebschaft Freundin und Pflegerin zugleich wäre. Allerdings war das im Grunde nie infrage gekommen, da sie zu alte Menschen körperlich abstoßend fand. Dann war ihr eine fantastische Idee gekommen. Wieso nicht die Beziehung zu Leo auf ein neues Level heben? Ihn in eine Position bringen, in der er nicht mehr in der Lage wäre, sie zu verlassen? Das würde die Machtverhältnisse zwischen ihnen ordnen, vor allem, wenn sie ihm immer drohen könnte, ihn anzuzeigen.

Sie hatte im Darknet nach Dienstleistern gesucht, die einen Racheauftrag gegen Ex-Partner übernehmen würden. Auf verschlungenen Wegen war sie fündig geworden. Dabei hatte sie sich die ganze Zeit als Mann ausgegeben und mit einem neu angelegten E-Mail-Alias kommuniziert, der Rückschlüsse auf Leo zuließe. Der Auftrag war einfach gewesen. Leos Ex sollte etwas zustoßen, was sie nie wieder vergessen würde. Allerdings durfte sie weder sterben, noch vergewaltigt oder körperlich verunstaltet werden. Für ihre Kontaktperson aus dem Darknet schienen die Bedingungen akzeptabel zu sein. Amelie hatte eine vertretbare Summe in Bitcoins entrichtet und Informationen über die Zielperson geschickt.

Wie hätte sie ahnen können, was der perverse Typ tun würde? Das war so nicht vereinbart gewesen.

Nachdem sie aus der Betäubung aufgewacht war, hatte sie geahnt, in welcher Gefahr sie schwebte. Die Kontaktperson im Darknet hatte vernünftig geklungen. Ihr

Entführer hingegen war ein Psychopath. Er hatte ihr klargemacht, was er mit ihr anstellen würde und wie ihre einzige Alternative aussähe. Für sie hatte es keinen Zweifel gegeben. Sie musste so schnell wie möglich freikommen. Also war sie ihre Freundinnen durchgegangen und bei Sofie gelandet. Dass Leo zuvor bereits Kontakt zu ihr gehabt hatte, war wie ein Joker gewesen.

Wie es ihr wohl derzeit erging? Hatte sie sich ebenfalls ausgelöst, oder war sie noch in der Hand des Psychopathen? Sollte der Mann Sofie vergewaltigen und töten, würde Amelie keinerlei Gewissensbisse empfinden. Sofie war eine durchtriebene Schlampe, die nichts anderes verdient hatte.

Amelie dachte über ihre nächsten Schritte nach. Leos Verhalten hatte sie alarmiert. Warum war er in seine Wohnung gefahren und hatte nicht mal ihren Anruf entgegengenommen? Das passte nicht zu ihm. In diesem Moment hatte sie beschlossen, ein Ablenkungsmanöver zu starten. Sie hatte auf dem Handy kurz recherchiert und es dann zerstört. Anschließend war sie in ihre Wohnung aufgebrochen. Solang den Bullen der Laptop nicht in die Hände fiel, könnte man ihr nichts beweisen. Seit sie ihn in eine Tasche gepackt hatte, war sie zuversichtlich. Sie würde für ein paar Tage verschwinden, ehe sie nach Hamburg zurückkehrte. Dann würde sie behaupten, wegen Leos Verhalten misstrauisch geworden zu sein. Wieso hatte er die Wohnung verlassen und war nicht mehr erreichbar? Weil er der Auftraggeber war? Dieser Gedanke hätte sie geplagt und in Panik verfallen lassen.

Warum sollten ihr die Bullen das nicht glauben? Die Transaktion mit den Bitcoins hatte sie perfekt verschleiert, und den Laptop würde sie auseinanderschrauben, die Festplatte herausreißen und zerstören. Selbst wenn die Polizei oder auch nur dieser Personenfahnder einen Verdacht gegen sie hegten, würde man ihr nichts nachweisen können. Dafür würde sie sorgen. Alles, was sie in den nächsten Tagen anstellte, würde sie mit ihrer Angst vor Leo begründen. Für eine Weile aus Hamburg zu verschwinden, erschien ihr genau der Schritt zu sein, den ein verängstigtes Entführungsopfer unternehmen würde.

Der Bus hielt an einer Haltestelle. Amelie schaute hinaus und lächelte. Wenige Meter entfernt war die Weinbar Clermont. Hier hatte Leo gesessen und auf sie gewartet. Ohne zu ahnen, was ihm bevorstände. Wenn sie ehrlich war, hatte auch sie das Ganze unterschätzt. In den Fängen des Entführers hatte ihr nur ein Gedanke Zuversicht verschafft. Eine Trumpfkarte, von der ihr Peiniger nichts geahnt hatte. Sie hätte sich jederzeit als Auftraggeberin identifizieren können. Bestimmt hätte er sich dann nicht getraut, ihr ein Haar zu krümmen. Denn er hätte befürchten müssen, dass ihm die Bullen bei der Auswertung ihres Computers auf die Schliche kämen, falls er seine Auftraggeberin töten würde.

Der Bus setzte seinen Weg fort. Wenige Haltestellen später erreichten sie den Bahnhof Dammtor. Zusammen mit anderen Passagieren stieg sie aus. Sie überquerte die große Kreuzung und steuerte zielstrebig einen der Fahrkartenautomaten im Bahnhofsgebäude an. Mit ihrer EC-Karte bezahlte sie ein Ticket nach Sylt. Die Polizei könnte diese Transaktion nachvollziehen und vermutlich sogar ihren Zielort in Erfahrung bringen. Letztlich würde sie es nicht einmal stören, wenn die Bullen sie auf Sylt aufstöberten. Schließlich hatte sie keinen Grund, ihren Aufenthaltsort vor den Ermittlungsbehörden zu verschleiern. Deswegen würde sie auch auf Sylt mit ihrer EC-Karte bezahlen. Sie war das unschuldige Opfer, das vor einem Freund floh, dem sie schlimme Dinge zutraute. Wer sollte ihr das verübeln?

Der Zug würde erst in einer knappen Stunde losfahren. Amelie betrat die geöffnete Filiale des *Dunkin Donuts* und bestellte einen Double Chocolate Donut und einen Cappuccino. Damit setzte sie sich an einen Tisch. Die Zeit bis zur Abfahrt könnte kritisch werden. Sie musste unbedingt jede Aufmerksamkeit vermeiden.

59

Wie konnte das sein? Ungläubig schaute er sich um. Nutzten die Bullen Amelie als Lockvogel? Allerdings sah er ringsum niemanden, der sein Misstrauen weckte. Weder zivile Fahnder noch Uniformierte. Außerdem: Wenn sie gewusst hätten, dass er in Dammtor aufschlagen würde, warum ergriffen sie ihn dann nicht einfach?

Er hatte sich für eine Verbindung entschieden, die weiter in den Norden führte. Der Zug käme vom Hauptbahnhof an. In Flensburg würde er aussteigen und sich nach Süden durchschlagen, in sein sicheres Zuhause. Die letzten Stunden waren unerfreulich verlaufen, aber er hatte daraus gelernt. Abläufe ließen sich stets verbessern. Und ausgerechnet hier stieß er auf Amelie. Sie saß beim *Dunkin Donuts* und nippte an einem Kaffeebecher. Dabei hielt sie den Blick meist gesenkt.

Wieso war sie allein unterwegs? Er verstand die Welt nicht mehr. Er ging seine Alternativen durch. Es erschien ihm unmöglich, sie noch einmal in seine Gewalt zu bekommen. Dazu fehlte ihm das nötige Fahrzeug, außerdem war es wichtiger, aus Hamburg zu verschwinden. Und wie sollte er sie in der Menge verschleppen? Bestimmt würde sie nicht mitkommen, nur weil er ihr eine Pistole in den Rücken drückte. Trotzdem konnte er den Blick nicht von ihr abwenden. Er stand einige Meter von ihr entfernt. Seine Gedanken rasten.

Amelie schaute auf ihre Armbanduhr. Erwartete sie jemanden? Oder würde sie gleich in einen Zug steigen?

Die Minuten verstrichen, er wechselte mehrfach seine Position, damit sie ihn nicht bemerkte. Dabei behielt er auch die Passanten im Blick, die jedoch keine Notiz von ihm nahmen.

Schließlich erhob sich Amelie. Sie wechselte ein paar Wörter mit der Servicekraft hinter dem Tresen, lächelte und verließ die Filiale. Er zog sich die Schirmmütze tiefer in die Stirn. Amelie steuerte die Gleise drei und vier an, von wo die Fernzüge abfuhren. Was hatte sie bloß vor?

Er wartete, bis sie nicht mehr zu sehen war. Dann zwang er sich, weitere dreißig Sekunden zu warten. Der nächste Zug würde in vier Minuten einfahren. Sie würde also nicht irgendwo einsteigen und verschwinden können. Mit gesenktem Blick stieg er schließlich die Stufen hoch. Oben am Gleis schaute er sich um. Von Polizisten war auch hier nichts zu sehen. Dafür entdeckte er Amelie, die an der Bahnsteigkante von Gleis drei im Abschnitt B stand.

Sie schien tatsächlich auf einen Zug zu warten, der vom Hauptbahnhof hier ankommen würde. Warum? Normalerweise müsste sie jetzt den Bullen Rede und Antwort stehen. Oder zumindest jederzeit in der Lage sein, ins Präsidium zu fahren, um die Ermittlungen zu unterstützen. Er hatte in der letzten Stunde immer wieder auf seinem Handy die Nachrichtenportale aufgerufen. Bisher gab es keine Meldung über die Geiselbefreiung. Trotzdem zweifelte er nicht daran, dass Sofie in Sicherheit war. Wusste Amelie darüber Bescheid? Davon ging er aus. Aber was bedeutete es, wenn sie hier auf einen Zug wartete?

Er verstand es einfach nicht. Ihr Verhalten ergab keinen Sinn. Alle Erklärungen, die ihm einfielen, wirkten zu weit hergeholt.

Die Schalttafel veränderte sich. Der angekündigte IC wurde ausgeblendet und durch den Hinweis ›Zugdurchfahrt‹ ersetzt. Amelie machte keinerlei Anstalten, ihre Position zu verändern.

Könnte er sie vor einen fahrenden Zug stoßen? Oder sie von hinten erschießen, damit sie durch die Wucht der Kugel ins Gleis stürzte? So würde er eine Zeugin ausschalten. Außerdem hätte er im Erfolgsfall einen Tod zu verbuchen. Nicht auf die gewohnte Weise, aber ein kleiner Triumph war besser als eine krachende Niederlage. Oder würde das seine Fluchtchancen verringern? Eine Tote auf den Gleisen würde den ganzen Zugverkehr zum Erliegen bringen. Danach könnte er seine Reisepläne ad acta legen.

War es dumm, überhaupt mit dem Gedanken zu spielen? Oder würde er durch Amelies Tod die Stadt als Sieger verlassen?

Er ging einige Schritte auf sie zu. Von dem durchfahrenden Zug war noch nichts zu sehen. Ein automatischer Sicherheitshinweis bat die Reisenden darum, kein Gepäck unbeaufsichtigt zu lassen. Sie starrte weiterhin nach unten, hatte keine Augen für ihre Umgebung.

Sein Puls stieg. Er hatte keine Zeit, um alle Konsequenzen zu bedenken. Die Vorstellung, Amelie zu töten, war so verlockend. Er wusste nicht, was sie hier zu suchen hatte. Letztlich spielte das keine Rolle. Wenn einem das Schicksal eine unverhoffte Chance gab, musste man zugreifen.

Sie war keine fünfzig Schritte entfernt. In der Jackentasche umklammerte er die Pistole. Reichte es, sie vor einen durchfahrenden Zug zu stoßen, oder wäre es besser, ihr einen tödlichen Rückenschuss zu verpassen?

60

Bei der Dienstbesprechung am frühen Morgen hatte alles nach einem routinemäßigen Tag geklungen. Doch mit dem Anruf ihres Vorgesetzten vor einer Stunde hatte sich das geändert. Statt wie üblich im Hauptbahnhof zu patrouillieren, waren die Polizeikommissare Mühle und Fischer dem Team Dammtor zugeordnet worden, wo sie vor zehn Minuten eingetroffen waren.

In einer kurzen Besprechung mit Polizeihauptkommissarin Schweitzer hatten sie von der doppelten Fahndung erfahren. Das LKA und eine Wiesbadener Polizeibehörde suchten nach zwei Personen. Vorrang hatte ein Entführer, der wahrscheinlich die Stadt verlassen wollte. Sein Name war dem LKA noch nicht bekannt, jedoch lag ein gutes Foto einer Überwachungskamera vor. Seit einer Viertelstunde war die Fahndung auf eine zweite Person ausgeweitet worden. Nun suchte das LKA nach der verschwundenen Amelie Rorig, die am Abend zuvor von dem gesuchten Entführer verschleppt worden war, sich aber hatte befreien können. Von ihr lagen mehrere Bilder vor. Hauptkommissarin Schweitzer reagierte auf Nachfragen nur mit einem

Achselzucken. Sie wusste nicht, wie die Frau auf die Fahndungsliste gekommen war. Das LKA habe Fragen an Rorig, die jedoch verschwunden sei. Priorität habe in Schweitzers Augen die Jagd nach dem Entführer.

Im Gleichschritt gingen Mühle und Fischer die Stufen zu dem Doppelgleis drei/vier hoch. Eine Durchsage erklang und kündigte auf Gleis drei einen durchfahrenden Zug an. Oben angekommen, blieben die Polizisten stehen und verschafften sich einen Überblick.

»Guck mal, da vorn!«, sagte Mühle zu seinem Partner.

»Wo?«

»3 B. Ungefähr auf ein Uhr.« Mühle ging langsam voran.

Fischer erblickte die Person, die Mühle meinte. »Könnte sein«, erwiderte er.

Sie beschleunigten ihren Schritt.

61

Meter für Meter näherte er sich ihr und versuchte dabei, außerhalb ihres Sichtfelds zu bleiben. Ein zufälliger Beobachter würde sein Vorhaben nicht durchschauen, sondern glauben, er schlendere einfach auf die Gleise zu.

Er hatte sich entschieden und würde die Pistolenpatrone aufsparen. Ein Stoß im richtigen Augenblick reichte aus. Sie stand so nah an der Bahnsteigkante. Wozu sollte er eine Patrone verschwenden und durch den Schuss eine Panik auslösen? Der durchfahrende Zug war zwar noch nicht zu sehen, sodass er dessen Geschwindigkeit nicht einschätzen konnte. Aber der Zugführer könnte unmöglich rechtzeitig bremsen, auch nicht, wenn er den Bahnhof langsam passieren würde. Sollte Amelie nicht sterben, würde sie zumindest schwerste Verletzungen davontragen.

Sein Blick ging nach rechts. Der Zug kam in Sicht. Langsam, aber nicht zu langsam. Von Amelie trennten ihn keine drei Meter. Er musste ganz nah an sie herankommen, am besten direkt hinter ihr stehen. Er machte einen weiteren Schritt nach vorn.

In dieser Sekunde wandte sie den Kopf. Hatte sie die

Gefahr gespürt? Ihre Blicke trafen sich. Ungläubig riss sie den Mund auf. Rasch versuchte er, den Abstand zwischen ihnen weiter zu verkürzen.

Unvermittelt bemerkte er von rechts zwei schwer bewaffnete Bundespolizisten, die auf ihn zukamen. An ihrem Ziel bestand kein Zweifel. Das durfte nicht wahr sein! Wieso hatte er sich auf Amelie konzentriert? Noch hatte er genügend Vorsprung. Vielleicht schaffte er es zum nächsten Treppenabgang. Er drehte sich um und marschierte los. Dabei spürte er, wie ihm Amelie fassungslos nachschaute. Er rannte davon.

62

Da war er! Keine drei Schritte entfernt. Amelie zuckte erschrocken zusammen und riss den Mund auf. Was hatte er vor, und wie hatte er sie bloß gefunden?

Er wandte ruckartig den Blick ab und schaute zum Bahnhofszugang. Für Amelie bestand kein Zweifel: Das war ihr Peiniger.

»Hilfe!«, schrie sie.

Er hatte sich inzwischen ein Stück von ihr fortbewegt. Amelie verstand gar nichts mehr. Wieso rannte er zum Ausgang?

Der angekündigte Zug erreichte das Bahnhofsgebäude. Unaufhaltsam kam er näher.

Erst jetzt bemerkte Amelie die bewaffneten Polizisten. Sie waren gekommen, um den Entführer zu fassen.

»Er läuft da lang!«, rief sie und deutete dem flüchtenden Mann hinterher.

Die Umstehenden warfen ihr verwunderte Blicke zu. Amelie konzentrierte sich auf die mit Maschinengewehren bewaffneten Beamten, die nur noch wenige Meter entfernt waren. Sie dachte an die Tasche, in der ihr Laptop steckte. Darauf waren die einzigen Spuren, die sie mit dem Auftrag in Verbindung bringen würden.

63

Mühle und Fischer gingen auf die Frau zu. Beruhigend hoben sie die Hände. Falls sie nun einen Schritt auf die Gleise zumachen würde, könnte sie vom Sog des durchfahrenden Zuges erfasst werden. Das mussten sie unter allen Umständen verhindern. Sie durfte nicht in Panik geraten.

»Stehen bleiben«, rief Mühle.

Zu ihrer Überraschung schrie die Frau plötzlich um Hilfe und zeigte auf eine wegrennende Person. »Er läuft da lang!«

Mühle dachte sofort an den zur Fahndung ausgeschriebenen Entführer. Konnte das der Mann mit der Kappe sein? Er rannte jedenfalls davon. Sein Gesicht hatte Mühle nicht erkannt, von der Statur her käme es hin.

Die Frau sah der Frau auf den Fahndungsfotos so ähnlich, dass sie wahrscheinlich die richtige vor sich hatten. Fischer erreichte sie zuerst und griff nach ihr. Mühle sah dem Flüchtenden nach. Ohne Vorwarnung schleuderte die Frau ihre Tasche auf die Gleise, die sofort vom durchfahrenden Zug überrollt wurde. Fischer packte sie beim Arm.

»Warum halten Sie ihn nicht auf?«, kreischte sie hysterisch.

»Wen?«, fragte Fischer.

»Den Entführer, Sie Idiot!«

»Trug er eine Kappe?«, erkundigte sich Mühle.

»Ja! Das war er! Und Sie lassen ihn entkommen!«

»Wieso haben Sie die Tasche auf die Gleise geworfen?«, wollte Fischer wissen.

»Welche Tasche?«, fragte die Frau wenig überzeugend.

Mühle rannte los. »Ich komme gleich zurück! Bleibt da stehen!«, rief er. Er umkurvte die wartenden Passanten, die das Schauspiel neugierig beobachteten. Von dem Kappenträger war nichts mehr zu sehen. Mühle erreichte den zweiten Treppenabgang des Bahnhofs Dammtor. Er lief nach unten. Im Erdgeschoss angekommen, schaute er zu den beiden Ausgängen. Den Gesuchten entdeckte er nicht.

»Haben Sie einen Mann mit Basecap bemerkt?«, fragte er laut, ohne speziell jemanden anzusprechen.

Einige Passanten schüttelten die Köpfe, die meisten reagierten erst gar nicht. Über sein Funkgerät kontaktierte er die Zentrale und ließ sich mit der leitenden Hauptkommissarin verbinden. Sekunden später schilderte er ihr alles.

»Wir haben Frau Rorig am Bahnhof Dammtor aufgegriffen. Sie hat offenbar auf einen Zug gewartet. Kaum hat sie uns bemerkt, schleuderte sie eine Tasche auf die Gleise.«

»Wissen Sie schon, was darin ist?«

»Nein«, sagte Mühle.

»Können Sie den Inhalt sicherstellen?«

»Das weiß ich derzeit nicht. Sie hat sie vor einen durchfahrenden Zug geworfen. Noch etwas: Als wir uns Rorig genähert haben, hat sie auf einen Mann gezeigt und ihn als ihren Entführer bezeichnet.«

»Was? Haben Sie ihn ebenfalls festgenommen?«, wollte die Hauptkommissarin wissen.

»Er ist im Getümmel geflohen.«

»Okay. Wir kommen zum Bahnhof Dammtor. Wir sind in wenigen Minuten bei Ihnen. Halten Sie Frau Rorig fest. Sichern Sie die Tasche, falls das gefahrlos möglich ist. Ich sorge für eine weitläufige Absperrung der Umgebung.«

»Alles klar. Sie finden uns am Bahnsteig drei.«

Er lief die Stufen wieder hoch und erblickte seinen Kollegen, der die Gesuchte mit festem Griff fixiert hatte. Der durchfahrende Zug hatte den Bahnhof schon wieder verlassen. Mühle trat an die Bahnsteigkante und schaute nach unten. Die von Rorig weggeschleuderte Tasche lag auf dem Gleis und wirkte reichlich lädiert. Kurzentschlossen sprang er in den Graben und nahm sie auf.

»Sind Sie lebensmüde?«, schrie ein Mitarbeiter der Deutschen Bahn, der sich hektisch näherte. »In zwei Minuten fährt ein ICE ein. Raus aus dem Gleisbett!«

»Dann helfen Sie mir«, antwortete Mühle. »Das hier sind wichtige Beweise.«

Der Bahnmitarbeiter reichte Mühle die Hand und zog ihn auf den Bahnsteig. Oben angekommen, blickte Mühle zu Rorig, die frustriert die Tasche beäugte.

64

Er überquerte den Bahnhofsvorplatz. Ein Taxi musste seinetwegen abbremsen, der Fahrer hupte wütend. Mit solchen Befindlichkeiten konnte er sich nicht aufhalten, deshalb hob er nicht einmal entschuldigend die Hand. Stattdessen warf er einen Blick über die Schulter. Noch war von den uniformierten Bullen nichts zu sehen. Vielleicht hatte er es im letzten Moment geschafft. Er durfte nicht darüber nachdenken, was in den vergangenen Stunden alles schiefgelaufen war, sonst würde er sich zu Boden werfen und nie wieder aufstehen.

Obwohl es noch nicht einmal Mittag war, schlenderten bei dem schönen Wetter viele Passanten die breiten Wege entlang. Vor allem Mütter, entweder mit einem Kinderwagen, einer Bauchtrage oder mindestens einem Kind an der Hand. Sie alle steuerten auf *Planten un Blomen* zu, der öffentlichen Parkanlage, die direkt hinter dem Bahnhof Dammtor lag. Bei seinen Recherchen hatte er auch von diesem Ort gelesen. Ob die meisten Mütter mit ihren Kindern zum großen Spielplatz wollten? Eine vage Idee kam ihm. Mütter würden alles tun, um ihren Nachwuchs zu beschützen.

Während er zum Eingang rannte, dachte er darüber nach. Noch besser wäre vielleicht sogar eine Großmutter. Die würde sich vermutlich am allerwenigsten trauen, Widerstand zu leisten. Er musste aus Hamburg verschwinden, allerdings schien das derzeit nicht ganz leicht zu sein. Wenn er irgendwo für ein, zwei Nächte unterkäme, wäre es anschließend leichter, die Hansestadt zu verlassen. Den Gedanken, nach einer Großmutter Ausschau zu halten, verwarf er wieder, denn die müsste ja irgendwann den Enkel bei den Eltern abgeben. Eine alleinerziehende Mutter hingegen könnte er wohl ein bis zwei Tage in seiner Gewalt behalten, ohne dass es jemandem auffiele. Leider stand den Frauen ihr Beziehungsstatus nicht auf die Stirn geschrieben.

Er passierte das Tor zu *Planten un Blomen* und hielt inne. Die Bullen würden ihn garantiert in der Anlage suchen. Viel Zeit bliebe ihm nicht. Trotzdem wäre es zu auffällig, weiterhin zu rennen. Ein joggender Mann, der keine Sportkleidung trug, würde nur Aufmerksamkeit auf sich ziehen. Er durfte nicht verschwitzt auf dem Spielplatz ankommen. Bis zu dem Moment, in dem er sich neben eine geeignete Kandidatin setzte und ihr die Pistole in die Seite drückte, musste er unauffällig agieren.

Er warf einen Blick über die Schulter. Keine Bullen zu sehen. Hoffentlich war ihm in den nächsten Minuten endlich mal wieder das Glück hold.

65

Die Autos kamen mit quietschenden Reifen zum Stehen. Schon auf der Fahrt zum Dammtor hatte Miriam unpopuläre Schritte in die Wege geleitet. Der Bus- und Bahnverkehr rund um den Bahnhof würde in den nächsten Minuten zum Erliegen kommen. Alle Busse, die zuletzt abgefahren waren, würden unterwegs gestoppt und kontrolliert werden. Auch der Autoverkehr würde beeinträchtigt werden. Hunderte Polizisten waren aus unterschiedlichen Stadtteilen auf dem Weg nach Rotherbaum. Um das Chaos zumindest zeitlich zu befristen, könnten sie das höchstens eine Stunde durchziehen.

Miriam und Bastian sprangen aus dem Wagen. Hinter ihnen hatte Lukas Sommer geparkt. Auch die Wiesbadener verließen das Fahrzeug.

»Und jetzt?«, fragte Drosten.

Miriam schilderte, was sie von unterwegs veranlasst hatte.

»Sehr gut!«, lobte Drosten sie.

Sie lächelte ihm dankbar zu. Falls ihnen der Entführer durch die Lappen ginge, würden ihre direkten Vorgesetzten wegen des entstandenen Chaos Ärger machen. Da war es hilfreich, Zustimmung von der KEG zu erhalten.

»Leider kommt man von hier zu Fuß in alle möglichen Gebiete«, sagte sie. »Keine Ahnung, ob er sich hier auskennt. Er könnte zum Beispiel über die Colonnaden in die Innenstadt.« Sie deutete in die entsprechende Richtung. »Aus der Stadt nähern sich Polizisten dem Dammtor und halten nach ihm Ausschau. *Planten un Blomen* da vorn wäre auch eine Möglichkeit. Das ist ein großer Park mit verschiedenen Ausgängen. Von dort käme er unter anderem zur Messe.«

»Sie müssen wahrscheinlich vor Ort bleiben, um den Einsatz zu koordinieren«, vergewisserte sich Drosten.

Miriam und Bastian sahen sich an.

»Das kann ich allein übernehmen«, sagte Bastian.

»Vom Treppenausgang aus, den er genommen hat, gibt es nur zwei Möglichkeiten«, erklärte sie ihren auswärtigen Kollegen. »Entweder ist er über den Theodor-Heuss-Platz und die Rothenbaumchaussee gelaufen. Von dort zweigen viele Straßen ab. Wäre ein Problem für uns. Oder er ist in den Park geflüchtet. Macht die Sache für uns nicht leichter.«

»Aber hier rumzustehen, bringt uns auch nicht weiter«, meinte Sommer.

Miriam nickte. »Sehe ich genauso. Was halten Sie davon, mit mir den Park zu durchsuchen? Vielleicht ist er jemandem aufgefallen.«

Sommer klatschte in die Hände. »Wo müssen wir lang?«

»Fragen wir zuerst die wartenden Taxifahrer«, schlug Miriam vor. »Die sind es gewohnt, die Umgebung im Auge zu behalten.«

Auf dem für Taxifahrer reservierten Straßenabschnitt standen insgesamt sechs Fahrzeuge. Sie teilten sich auf und klopften an die Fensterscheiben. Beim vorletzten Auto hatten sie Glück. Verena Kraft winkte ihre Kollegen zu sich. Miriam erreichte sie zuerst.

»Wiederholen Sie, was Sie mir gerade gesagt haben«, bat Kraft.

Der Fahrer deutete auf das Handy der Polizistin, auf dem das Bild des Entführers zu sehen war. »Den hätte ich beinahe überfahren. Der kam aus dem Bahnhof gestürzt, ohne auf den Verkehr zu achten. Ist zu *Planten un Blomen* gelaufen.«

»Wie lange ist das her?«, fragte Miriam.

Der Mann schaute auf seine Uhr. »So fünf Minuten? Jedenfalls nicht viel länger.«

Miriam lief zu Bastian, der an seinem Fahrzeug gewartet hatte, und setzte ihn rasch in Kenntnis. Dann rannte sie zusammen mit den Wiesbadenern zum Eingang der Parkanlage.

66

Er erreichte den Spielplatz und verschaffte sich einen Überblick. Er zählte mindestens zwanzig Erwachsene. Einige standen in Gruppen zusammen, bei manchen waren Kinder in der Nähe. Insgesamt drei Frauen waren offenbar nicht auf Gespräche aus. Eine von ihnen saß auf einer Bank und blätterte in einer Illustrierten, die beiden anderen hockten im Sandkasten. Neben der einzelnen Frau stand ein Kinderwagen. War sie mit ihrem Nachwuchs unterwegs, um das schöne Wetter zu genießen?

Er zögerte. In den letzten Stunden hatte er viele falsche Entscheidungen getroffen. Ein weiterer Fehlschlag könnte ihm das Genick brechen. Erneut ließ er den Blick über die Menge schweifen. Keine Kandidatin schien infrage zu kommen.

Langsam ging er auf die Parkbank zu. Die Frau hatte sich auf die rechte Bankseite gesetzt. Der Kinderwagen stand rechts von ihr. Als er nur noch wenige Schritte entfernt war, registrierte er das schlafende Kleinkind in dem Wagen. Hatte er endlich einmal Glück? Zwar verstand er nicht, warum die Frau sich eine Auszeit im Lärm der spielenden Gören nahm, doch das war ihm egal. Vielleicht schlief das Kind bei der Geräuschkulisse besser. Was wusste er schon? Er umrundete von hinten die Parkbank. Mit der Hand griff er in die Jackentasche. Nicht zuletzt käme es auf Schnelligkeit an.

Er setzte sich auf die Bank, die Frau schaute überrascht zu ihm auf und lächelte scheu.

»Hi«, sagte er. »Ist hier frei?«

»Klar«, antwortete sie. Ihr Blick fiel wieder auf die Illustrierte, und sie blätterte eine Seite weiter.

Rasch überbrückte er die Distanz zwischen ihnen. Erneut schaute sie überrascht auf. Er presste ihr den Lauf der Pistole in die Rippen.

»Wenn du schreist, wächst dein Kind mutterlos auf.«

Sie riss den Mund auf, unterdrückte jedoch ihren Schrei.

»Brav«, murmelte er.

»Was wollen Sie?«

»Wir verlassen jetzt gemeinsam den Spielplatz. Ich lege meinen Arm um dich, wir stehen auf und tun so, als wären wir ein Paar. Ich muss bloß aus dem Park raus. Dir wird nichts passieren, wenn du keine Dummheiten machst. Das verspreche ich.«

»Nein«, flüsterte sie.

»Das war keine Bitte. Hast du kapiert? Wir müssen nur aus dem Park. Was ist schon dabei?«

Zögerlich nickte sie, blieb allerdings sitzen.

»Hoch mit dir!«, zischte er. »Jetzt!«

Langsam erhob sie sich. Er folgte ihrem Beispiel und legte den Arm um sie. Ihr leichtes Zittern erregte ihn. Der ganze Ärger über die Fehlschläge löste sich in Luft auf. Vielleicht könnte der Tag noch einen positiven Verlauf nehmen. Sie griff nach dem Kinderwagen.

»Vorwärts!«

Plötzlich rannte sie los. Er versuchte, sie festzuhalten. Doch sie hatte rasch zwei Meter Vorsprung.

»Hilfe!«, schrie sie. »Der Kerl hat eine Waffe!«

Die Umstehenden kreischten entsetzt. Ein lebensmüder Vater kam einen Schritt auf ihn zu. Der Entführer hob die Pistole. Die Entsetzensschreie wurden lauter, der Vater überlegte es sich anders und blieb stehen.

»Niemand macht jetzt einen Fehler!«, brüllte er.

Seine Kandidatin war inzwischen zehn Meter von ihm entfernt. Am liebsten hätte er ihr in den Rücken geschossen. Hektisch schaute er sich um. Mütter und Väter hockten sich schützend vor ihre spielende Brut oder rissen sie an sich. Er musste fort von hier. Aber wohin?

67

Schreie drangen zu ihnen. Miriam blickte besorgt zu Drosten.

»Woher kommt das? Können Sie das lokalisieren?«, fragte er.

»Spielplatz«, vermutete Miriam. »Folgen Sie mir!«

Hoffentlich irrte sie sich nicht, sonst würden sie wertvolle Zeit verlieren. Sie rannte los. Lukas Sommer schloss rasch zu ihr auf, überholte sie aber nicht. Der sportliche Mann hätte wohl ein wenig schneller laufen können, hielt sich jedoch aufgrund der mangelnden Ortskenntnisse zurück. Miriam kitzelte die letzten Reserven aus sich heraus und beschleunigte.

»Da vorne links«, rief sie. »Dann sehen Sie den Spielplatz!«

Als hätte Sommer auf diese Ansage gewartet, stürmte er voran. Immerhin gelang es ihr einigermaßen, mit ihm Schritt zu halten.

Sie bogen um die Kurve und rannten auf den Spielplatz zu. Viele Menschen standen zusammen, einige kamen hektisch auf sie zu. Auf ihren Armen trugen sie Kinder, die sie sich offenbar überstürzt geschnappt hatten. Manche der Kleinen weinten. Beim Anblick der Bewaffneten, die ihnen entgegenkamen, blieben sie abrupt stehen.

»Polizei!«, schrie Sommer. »Was ist passiert?«

Nun stürmten die Leute auf sie zu. Alle redeten durcheinander.

»Ein Mann mit Waffe!«

»Er hat eine Mutter bedroht.«

»Das war ein Amoklauf.«

Alarmiert schaute Miriam sich um. Sie sah weder Tote noch Verletzte. Schüsse hatten sie keine gehört.

»Er ist da entlanggerannt«, sagte ein Mann und deutete in die entsprechende Richtung.

Miriam reckte den Hals. Tatsächlich erkannte sie einen Mann, der sich rennend entfernte.

»Ich nehme Aussagen auf«, bot Drosten an. »Ihr kümmert euch um ihn.«

Miriam rannte dem Flüchtenden hinterher, dicht gefolgt von den beiden Wiesbadenern. Nach ein paar Metern hatte sie eine Idee. »Laufen Sie weiter geradeaus. Ich schlage einen Haken. Vielleicht kann ich ihm den Weg abschneiden.«

Sommer nickte.

68

Lange könnte er dieses Tempo nicht durchhalten. Er rang nach Luft, Seitenstiche traktierten ihn. Wohin sollte er sich wenden? Verzweifelt warf er einen Blick zurück. Ein Mann und eine Frau folgten ihm und holten mit jedem Schritt auf. Sie hatten Pistolen in den Händen, deren Läufe jedoch nach unten gerichtet waren. Sie würden bald zu ihm aufschließen.

Mit dem Mut der Verzweiflung beschleunigte er. Das Seitenstechen wurde stärker. Er keuchte mit offenem Mund. Es war hoffnungslos. Er musste seine Verfolger irgendwie ausschalten, denn die Flucht zu Fuß war aussichtslos.

Abrupt bremste er ab, fuhr herum und richtete die Pistole auf sie. Seine hektische Atmung erschwerte das Zielen erheblich. Also zwang er sich dazu, immer wieder tief ein- und auszuatmen.

Die Bullen, die zunächst nah beieinander gelaufen waren, teilten sich auf. Der Mann wich nach links aus, die Frau nach rechts. Es war unmöglich, beide mit zwei schnellen Treffern auszuschalten.

»Waffe weg!«, schrie der Mann. »Sie haben keine Chance!«

»Wir können über alles reden«, fügte die Frau hinzu. »Legen Sie die Pistole auf den Boden, und gehen Sie zwei Schritte zurück.«

»Niemals!«, antwortete er. »Verpisst euch!«

»Waffe weg!«, befahl ihm der Bulle erneut.

Langsam beruhigte sich seine Atmung. Noch ein paar Augenblicke, und er wäre in der Lage, einen gezielten Schuss abzugeben. Sie standen ungefähr zwanzig Meter auseinander. Der Mann schien der gefährlichere Gegner zu sein. Vielleicht hatte die Frau Bedenken, auf einen Menschen zu schießen.

Er erinnerte sich an seine Zeit im Sportschützenverein. Er war kein schlechter Schütze. Die Brust des Mannes würde er aus der Entfernung nicht verfehlen. Allerdings war es denkbar, dass der Kerl eine schusssichere Weste unter der Kleidung trug.

Er beruhigte seinen Puls weiter. Schießen, den Arm herumreißen und auf die Frau anlegen. Vielleicht würde es ihm gelingen, zuerst zu feuern. Das war seine allerletzte Chance. Er würde sich niemals kampflos ergeben. Das Gefängnis war keine Option. Flucht oder Tod. Nichts anderes kam infrage.

Endlich hatte sich seine Atmung normalisiert.

»Machen Sie keinen Mist! Sie haben keine Chance gegen uns!«, warnte der Bulle ihn. »Letzte Warnung! Legen Sie die Waffe auf den Boden, oder wir schießen!«

Unvermittelt ging der Bulle in die Knie und verringerte seine Angriffsfläche. Ahnte er das Unausweichliche?

69

Über einen kleinen Umweg hatte Miriam es geschafft, sich von hinten anzunähern. Sie war rund zweihundert Meter von dem Kontrahenten entfernt. Der Entführer hatte Sommer ins Visier genommen, der ebenfalls auf ihn zielte.

Passanten kamen ihr entgegen. Miriam legte einen Finger auf die Lippen. Zum Glück verstanden die Spaziergänger die Geste und nickten ihr zu. Sie liefen weiter zum nächstgelegenen Ausgang, während Miriam dem Täter immer näher kam. Sommer ging in die Hocke. War ein Schusswechsel unausweichlich?

Miriam war noch siebzig Meter entfernt. In vollem Sprint bräuchte sie keine zehn Sekunden, allerdings würde der Kerl sie dann hören. Also näherte sie sich ihm nur langsam, aber weitgehend geräuschlos.

Kraft veränderte unterdessen ihre Position um zwei Schritte und zog für einen kurzen Moment die Aufmerksamkeit des Bewaffneten auf sich.

Miriam verkürzte die Distanz weiter. Einem Menschen in den Rücken zu schießen, war allerdings keine Option.

Wie würde er reagieren, wenn sie sich nun bemerkbar machte?

Sie positionierte sich so, dass sie nicht in Sommers Schussbahn stünde.

»Lassen Sie die Waffe fallen!«, schrie sie.

Der Täter zuckte zusammen.

Sie richtete die Mündung auf ihn. Er drehte sich um. In dieser Sekunde sprintete Sommer wie ein Hundertmeterläufer auf ihn zu. Der Entführer stockte, handelte nicht instinktiv, sondern schien abzuwägen – und verlor so die entscheidende Zeit. Sommer sprang auf ihn zu, prallte gegen ihn. Er griff nach der Waffe des Mannes. Die beiden gingen zu Boden.

Miriam hielt den Atem an. Kein Schuss erklang. Dann sah sie, wie die Pistole dem Mann aus den Fingern flog. Am Boden liegend wollte er danach greifen, doch Sommer versetzte ihm einen Faustschlag in die Rippen. Der Entführer stöhnte vor Schmerz auf. Miriam erreichte die Schusswaffe und stieß sie mit dem Fuß weg. Der Fremde wollte Sommer einen Kopfstoß verpassen, doch der wich schnell genug zurück. Endlich bekam Sommer einen Arm des Mannes zu fassen und riss ihn herum.

»Geben Sie auf!«, zischte er.

Der Täter schrie schmerzerfüllt auf. Sommer drehte ihn auf den Bauch. Fast gleichzeitig war Kraft an seiner Seite. Sie fesselte dem Mann mit einem Kabelbinder die Hände.

»Es ist vorbei!«, sagte Sommer. Er rang nach Luft. »Sie sind verhaftet!«

»Schweine!«, jammerte der Täter. »Du hast mir den Arm ausgerenkt! Mieser Wichser!«

Gemeinsam mit der Wiesbadener Hauptkommissarin hob Miriam den Mann an den Achseln hoch. Sommer hielt sich zurück.

»Ich verklag euch alle! Scheiß Bullen.«

Miriam lachte.

Das schien ihn zu verunsichern. Er runzelte die Stirn und starrte sie an. »Was gibt's zu lachen, Bitch?«

Sie lächelte bloß, antwortete jedoch nicht.

70

14 Uhr 07

Miriam brauchte eine Pause und wollte die Zeit nutzen, um sich bei Till zu melden. Zuletzt hatte sie ihm bloß eine Nachricht geschickt, um ihm von den beiden Festnahmen zu berichten. Nun sehnte sie sich nach seiner Stimme.

Da Bastian gerade nicht im Büro saß, konnte sie in Ruhe telefonieren. Sie wählte Tills Nummer. Hoffentlich würde sie ihn nicht aufwecken. Rasch nahm er ihr Gespräch entgegen und zerstreute ihre Sorge.

»Hey«, sagte sie. »Wo bist du?«

»Auf unserer Dachterrasse. Brauchte eine kleine Auszeit und halte mein Gesicht in die Sonne.«

»Du Glücklicher.«

»Wie läuft's?«

»Sehr zäh«, antwortete sie. »Der Entführer hat sofort einen Anwalt verlangt. Der ist vor einer halben Stunde eingetroffen. Ein Hamburger Strafverteidiger, der uns schon öfter das Leben schwer gemacht hat. Der Täter hat explizit diesen Anwalt gefordert. Offenbar hat er sich zuvor informiert, anders kann ich mir das nicht erklären. Wir haben übrigens in seinen Sachen gefälschte Papiere gefunden. Wie er wirklich heißt, wissen wir noch nicht.«

»Und Amelie? Lässt sie sich auch juristisch vertreten?«

»Nein. Sie sitzt einfach nur im Vernehmungszimmer und schweigt. Anfangs hat sie behauptet, sie hätte plötzlich Angst vor Leo bekommen. Deshalb sei sie Hals über Kopf abgehauen. Ihre Anspielung war klar. Wir sollen an Leo zweifeln.«

»Schwachsinn.«

»Bei ihrer Festnahme hat sie eine Tasche auf die Gleise geworfen, ein durchfahrender Zug hat die Sachen überrollt. Darin steckte unter anderem ihr Laptop. Die Techniker versuchen gerade, Daten von dem Gerät zu retten. Ob das gelingt, können sie frühestens in ein paar Stunden sagen, vielleicht sogar erst morgen. Bestimmt hofft sie, dass wir ihr nichts nachweisen können.«

»Sie sagt inzwischen gar nichts mehr? Oder wiederholt sie nur ihre Anspielungen, die den Verdacht auf Leo lenken sollen?«

»Nein. Mittlerweile schweigt sie stur.«

»Wer befragt sie? Du?«

»Gemeinsam mit Bastian. Die Wiesbadener kümmern sich um den Entführer.«

Till brummte.

»Dir geht doch was durch den Kopf«, folgerte Miriam.

»Ich überlege, ob du sie knacken könntest.«

»Wie?«

»Sprich sie auf meine Theorie an. Dass sie vorgehabt hat, Leo an sich zu binden, weil sie an dem Münchhausen-by-Adult-Proxy-Syndrom leidet.«

»Stimmt das denn? Ist das die richtige Krankheitsbezeichnung?«

»Ich vermute, Amelie hat versucht, Leo krank zu machen. Er hat erzählt, ihm sei ein paar Mal schlecht gewesen, nachdem sie für ihn gekocht hatte. Allerdings glaube ich, dass sie das nie konsequent durchgezogen hat. Vielleicht wegen diesem anderen Patienten, der ihr eine Zeit lang wie ein Ausweg vorgekommen sein muss. Eventuell hatte es aber auch ganz andere Gründe. An deiner Stelle würde ich ihr auf den Kopf zusagen, dass sie ein psychisches Problem hat. Dass sie es offenbar nur mit einem Partner aushält, der abhängig von ihr ist, und du überzeugt bist, dass sie die Entführung selbst beauftragt hat. Und der weggeworfene Laptop wird das bestätigen, sobald die Daten gesichert sind. Behaupte einfach, ihr hättet erste Anzeichen für Bitcoin-Transaktionen gefunden.«

»Und falls sie diesen Bluff durchschaut?«

»Würdest du dann etwas verlieren?«, fragte Till.

Miriam dachte darüber nach. Unrecht hatte er nicht. Sollten die Techniker auf dem Laptop keine Beweise mehr sichern können, müssten sie Rorig ihre Tatbeteiligung mühselig nachweisen.

Die Tür zum Büro öffnete sich, und Bastian trat ein.

»Ich bespreche deine Idee mit Bastian. Du hörst von mir. Bis später.«

71

15 Uhr 43

Anders als geplant, war Till nicht ins Büro zurückgefahren. Stattdessen hatte er sich aus einem nahegelegenen italienischen Restaurant Essen bestellt und auf seiner Dachterrasse über Leos Freundin nachgedacht. *Ex*-Freundin. Ob Miriam es bei der Vernehmung auf einen Versuch hatte ankommen lassen? Immer wieder warf er einen Blick aufs Handy, doch sie meldete sich nicht.

Er verließ die Terrasse und ging in die Küche. Sollte er sich einen Kaffee machen oder lieber eine kalte Limo trinken?

Als er die Kühlschranktür öffnete, klingelte sein Telefon, das noch auf dem Terrassentisch lag. Er rannte nach draußen und sah Miriams Namen auf dem Display.

»Hey«, begrüßte er sie. »Ich war gerade am Kühlschrank.«

»Du bist genial!«

»Hast du sie geknackt?«

»Bastian meinte, wir könnten es auf einen Versuch ankommen lassen. Ihm gefiel dein Vorschlag. Kaum hatte ich Rorig gesagt, was du mir empfohlen hast, begann es, in ihrem Gesicht zu arbeiten. Sie schien mit sich zu kämpfen. Dann gab sie alles zu. Sie hat uns geschildert, wie sie auf den Täter aufmerksam geworden ist. Rorig behauptet, nicht geahnt zu haben, dass er sie entführen und solch schlimme Forderungen stellen würde.«

»Glaubst du ihr?«

»Sie macht einen ehrlichen Eindruck. Wie du vermutet hast, wollte sie Leo ein schlechtes Gewissen machen, um ihn so an sich zu binden. Es passt alles. Aber das Beste kommt noch: Sie hat das Angebot des Mannes für uns im Darknet aufgerufen und uns die Geldbörse genannt, auf die sie die Bitcoins transferiert hat. Für die Wiesbadener ist das eine Goldgrube. Sie konfrontieren ihn gerade damit. Selbst wenn er schweigt, ist das für sie der Durchbruch. Mit deiner Hilfe ist es gelungen, einen Zweifachmörder aus dem Verkehr zu ziehen.«

»Na ja, das kann ich mir jetzt nicht auf die Fahne schreiben. Aber ich bin froh, dass du Amelie geknackt hast. Kannst du ungefähr abschätzen, wann du nach Hause kommst?«

»Das dauert noch. Die Befragung ist gerade in der heißen Phase. Bastian und ich beobachten sie vom Nebenzimmer aus. Ich wollte dir nur kurz Bescheid geben. In den nächsten Stunden brauchst du nicht mit mir zu rechnen. Tut mir leid.«

»Und mir tut es für dich leid. Bist du nicht hundemüde?«

»Es geht. Das Adrenalin hält mich wach. Ich muss wieder zurück. Wenn du ins Bett willst, warte nicht auf mich.«

Till beendete das Gespräch. Er warf einen Blick ins

Schlafzimmer. Ihre Terrasse war von dort und vom Wohnzimmer aus zugänglich. Das Bett wirkte so anziehend wie ein starker Magnet. Er nahm das Handy und stellte es auf lautlos. Dann ging er zur Toilette und legte sich anschließend aufs Bett. Ein kurzes Nickerchen täte ihm sicher gut. Anfangs stierte er an die Decke. Ihn beschäftigten die Ereignisse der letzten knapp vierundzwanzig Stunden. Miriams Durchbruch bei der Vernehmung war wichtig. Nicht nur für das LKA und die Wiesbadener, sondern auch für Leo. Amelies Geständnis würde ihm helfen, ihre gescheiterte Beziehung zu verarbeiten. Eigentlich hatte er es verdient, so früh wie möglich davon zu erfahren. Aber ohne Miriams Erlaubnis würde Till nicht darüber sprechen. Leo müsste sich leider gedulden.

Till schloss die Augen. Seine Gedanken wanderten zu Amelie. Er malte sich aus, wie sie im Darknet nach einem Dienstleister gesucht hatte und sich dadurch am Ende in Lebensgefahr gebracht hatte. Einfach verrückt. Was ihr juristisch drohen würde, konnte er nicht einschätzen. Geschadet hatte sie sich in erster Linie selbst. Inwieweit sie für Sofies Entführung zur Rechenschaft gezogen werden würde, wusste er nicht. Ob Miriam ihm das beantworten könnte?

Mit dieser Frage im Kopf schlief er schließlich ein. In seinen Träumen durchlebte er bruchstückhaft noch einmal alles, was sich während der letzten Nacht abgespielt hatte. Als er nach zwei Stunden gerädert wieder aufwachte, rief er nach Miriam. Doch er erhielt keine Antwort. Er drehte sich um und schlief weiter. Irgendwann würde sie zurückkehren – worauf er sich sehr freute.

72

Am nächsten Vormittag

Ihr Nachbar hatte sich bereit erklärt, die Weinbar exklusiv für ein kleines Frühstück für Miriam, Till und ihre Wiesbadener Gäste zu öffnen. Bastian ließ sich wegen eines Termins in der Schule seines Sohnes entschuldigen. Von einem nahegelegenen Bäcker hatte Andreas Clermont belegte Brötchen besorgt und bediente die Kaffeemaschine eigenhändig.

Dank des Treffens konnte Till sich aus erster Hand von Drosten und seinen Partnern ins Bild setzen lassen. Im LKA hätte er nicht einfach auftauchen können, ohne Miriam Ärger einzubrocken.

Sie war am Abend zuvor gegen zweiundzwanzig Uhr erschöpft aber zufrieden nach Hause gekommen. Im Treppenhaus hatte sie Andreas getroffen und ihn gefragt, ob er für sie am nächsten Vormittag die Weinbar öffnen würde.

So saßen sie nun zusammen. Till hatte schon am

Vorabend die wichtigsten Eckdaten erfahren. Die Identität des Entführers war gelüftet. Bei ihm handelte es sich um einen 32-Jährigen aus Trier, der bislang nicht straffällig geworden war. Er hatte ein Geständnis abgelegt. Die Entführungen und Morde in Bochum und München hatte er gestanden, ebenso die Taten in Hamburg. Was er über seine Präsenz im Darknet preisgab, passte zu Amelie Rorigs Aussage.

»Er kommt aus sehr prekären Familienverhältnissen«, berichtete Drosten. »Seine Mutter war insgesamt viermal verheiratet. Er stammte aus erster Ehe. Als die Mutter sich auch von Ehepartner vier trennen wollte, hat der sie angegriffen und mit Säure übergossen. Davon hat sie sich psychisch nie wieder erholt. Ihr siebzehnjähriger Sohn hat damals ausgesagt, seine Mutter hätte das Schicksal einmal zu oft herausgefordert.«

»Was für eine empathische Reaktion«, murmelte Till.

»Er hat mit neunzehn selbst geheiratet«, fuhr Drosten fort. »Fünf Jahre später wurde die Ehe kinderlos geschieden. Wir haben seine Ex-Ehefrau ausfindig gemacht und werden ihr bald einen Besuch abstatten. Davon weiß er nichts. Über Beziehungen, die er seither geführt hat, schweigt er sich aus. Seiner Kundin Amelie Rorig hat er eine Geschichte aufgetischt, die wir ihm nicht abnehmen. Mal sehen, ob wir im Laufe der nächsten Zeit jemanden ausfindig machen, der wirklich solche Angebote im Darknet unterbreitet. Ich schätze, da gibt's noch ein paar Lücken, die wir füllen müssen.«

»Er hatte übrigens schon eine weitere Anfrage erhalten – von jemandem, der seine Ex bestrafen wollte«, erklärte Sommer. »Hätten wir ihn nicht gestoppt, wäre er in einigen Wochen nach Kiel aufgebrochen, um dort sein blutiges Werk fortzusetzen.«

»Die Information, wann Amelie das Haus verlassen würde, hat er von ihr bekommen?«, vergewisserte sich Till.

»Genau«, bestätigte Kraft. »Rorig hat sich als Mann ausgegeben und einen Decknamen benutzt, der Rückschlüsse auf Herrn Füchsel zugelassen hätte. So hat sie sich abgesichert.«

»Wie hat Leo reagiert?«, fragte Till.

»Ziemlich gleichmütig. Allerdings haben wir nur telefoniert«, antwortete Sommer. »Er war nicht sonderlich gesprächig. Da Sie befreundet sind, sollten Sie sich vielleicht demnächst mit ihm treffen.«

»Gute Idee«, sagte Till. »Ich kümmere mich darum. Was mich die ganze Zeit beschäftigt: Wie geht's eigentlich für Amelie weiter? Miriam hat mir erzählt, sie habe gestern Abend noch einen Anwalt verlangt.«

»Das stimmt«, bestätigte Drosten. »Der Anwalt hat ihr anscheinend zur Offenheit geraten. Sie hat alles zugegeben und erwartet eine Anklage wegen Beihilfe zur Freiheitsberaubung. Allerdings wird sie bis zum Prozess nicht in Untersuchungshaft sitzen. Ich glaube nicht, dass sie am Ende zu einer Haftstrafe verurteilt wird. Ihr droht eher eine Bewährungsstrafe mit Geldbuße. Sie wird vor Gericht behaupten, nicht gewusst zu haben, was auf sie zukommt. Dass sie sich gegen Frau Klaiber eingetauscht hat, war also kaum eine vorsätzliche Tat. Insofern erwartet sie kein hohes Strafmaß.«

Das erschien Till nicht gerecht. Immerhin hatte sie die Ereignisse erst in Gang gebracht.

»Sie wirken unglücklich darüber«, stellte Drosten fest.

»Meiner Meinung nach verdient sie eine härtere Strafe«, gab Till zu.

»Da bin ich total bei Ihnen«, sagte Sommer. »Mich tröstet, dass wir durch sie einen Zweifachmörder verhaften konnten. Der hätte immer weiter entführt und getötet. Wer weiß, wann es sonst gelungen wäre, ihn unschädlich zu machen?«

Je länger Till über dieses Argument nachdachte, desto weniger schlimm erschien ihm die milde Strafe, die Amelie zu erwarten hatte. Sommer hatte recht. Sie hatte unbewusst dabei geholfen, einen gefährlichen Mann aus dem Verkehr zu ziehen.

»Wir wollen dieses Frühstück in zwangloser Umgebung nutzen, um uns bei Ihnen zu bedanken, Frau Decking. Hätten Sie und Ihr Partner nicht so schnell gehandelt, wäre das nicht so zufriedenstellend ausgegangen. Vielleicht hätten wir dann jetzt schon ein weiteres Todesopfer zu beklagen. Unser aufrichtiger Dank gebührt Ihnen.«

Till warf Miriam einen Blick zu. Sie lächelte zufrieden.

»Ich hab nur meinen Job erledigt«, sagte sie.

Trotz ihrer Worte sah Till ihr an, wie stolz sie war.

»Falls Sie jemals eine berufliche Veränderung anstreben, würden Ihnen bei uns in Wiesbaden alle Türen offen stehen.«

»Moment!«, protestierte Till. »Was wird das denn jetzt? Ist das ein offizielles Jobangebot?«

Drosten schmunzelte. »Sie wirken nicht gerade glücklich.«

»Nichts gegen Wiesbaden«, erklärte Till. »Ist bestimmt eine schöne Stadt. Aber im Vergleich zu Hamburg … sorry! Schlagen Sie sich das am besten aus dem Kopf.«

Miriam lachte und legte Till beruhigend die Hand auf den Arm. »Was mein Lebensgefährte sagen möchte: Ich bin wahnsinnig glücklich beim LKA. Trotzdem freue ich mich über Ihr Angebot. Das schmeichelt mir. Danke dafür. Till hat allerdings recht. Ich lebe zwar noch nicht so lange in Hamburg wie er, kann mir aber schon nicht mehr vorstellen, hier wegzuziehen.«

»Gott sei Dank«, murmelte Till. »Du weißt, ich würde überall mit dir hingehen, aber am liebsten wäre es mir, wenn wir einfach hierbleiben.«

»Ich verstehe Sie«, sagte Verena Kraft. »Hamburg ist wohl die schönste Stadt in Deutschland. Ich bin so gerne hier.« Sie seufzte.

»Soll ich Ihnen Bescheid geben, falls im LKA eine Stelle frei wird?«, fragte Miriam.

»Augenblick!«, unterbrach Drosten sie. »Das geht jetzt gerade in eine ganz falsche Richtung. Verena, das meinst du hoffentlich nicht ernst.«

Die Angesprochene zuckte mit den Achseln.

»Verena?«, wiederholte Drosten.

»Robert, sie nimmt dich nur auf den Arm. Als würde sie ernsthaft mit dem Gedanken spielen, unser erfolgreiches Team zu sprengen.«

Kraft lächelte breit. »Da hat Lukas recht. Trotzdem bin ich wirklich gern in Hamburg. Das kann ich nicht abstreiten.«

»Folgender Vorschlag«, sagte Till. »Wir einigen uns darauf, dass hier keiner jemanden abwirbt. Einverstanden?«

Er hob seinen Kaffeebecher. Die anderen folgten seinem Beispiel, und sie stießen miteinander an.

»Immerhin ist es gut zu wissen, dass wir jetzt so enge Bande nach Hamburg geknüpft haben«, sagte Drosten. »Wenn zukünftig wieder eine unserer Ermittlungen hierherführt, hoffen wir sehr, mit Ihnen zusammenarbeiten zu dürfen.«

»Dagegen hätte ich nichts einzuwenden«, meinte Miriam.

»Und falls Sie jemals meine berufliche Hilfe benötigen, gebe ich Ihnen einen kleinen Rabatt aufs Honorar«, fügte Till hinzu.

Alle lachten herzlich. Till griff zu einem belegten Brötchen und biss ein Stück ab. Was anderthalb Tage zuvor in einer schrecklichen Katastrophe zu enden drohte, hatte sich zum Glück in Wohlgefallen aufgelöst. So machte ihm sein Beruf Spaß.

NACHWORT

Liebe Leserinnen und Leser,

seit vielen Jahren spiele ich mit dem Gedanken, einen Roman über das *Münchhausen by Adult Proxy Syndrom* zu schreiben. Wenn Sie darüber mehr wissen wollen, liefert Ihnen Google zahlreiche, interessante Suchergebnisse, von denen ich mir viele im Laufe der letzten Jahre durchgelesen habe. Das in dem Titel des von Ihnen gerade eben gelesenen Buchs übrigens der Wortbestandteil *Lüge* vorkommt, ist dabei genau wie der Name der psychischen Erkrankung auf Baron Münchhausen zurückzuführen. Das Einzige, was mich davon abgehalten hat, mir eine solche Geschichte auszudenken, hatte mit dem Zeitfaktor zu tun. Eine Täterin (und es sind bei diesem Syndrom fast immer Täterinnen) fügt ihren Opfern teils über Jahre die Leiden zu. Das widerspricht jedoch meiner Auffassung eines rasanten Thrillers, weswegen ich die Grundidee immer wieder beiseitegeschoben habe. Bis ich eine Idee hatte, die zu dem vorliegenden Till-Buchinger-Abenteuer geführt hat. Statt die

Handlung über Jahre zu erstrecken, schien es mir möglich, sie in weniger als vierundzwanzig Stunden spielen zu lassen. Mein Gedankenkarussell sprang an und plötzlich sah ich nicht nur Till und Miriam vor meinem geistigen Auge, sondern auch die gesamte Truppe um Robert Drosten. Voilà, *Lügenmaske* war geboren.

Falls Ihnen dieses Resultat gefallen hat, freue ich mich über Ihre Rückmeldung. Neben persönlichen Nachrichten sind für uns Autoren Rezensionen, die Sie auf der Produktseite von *Lügenmaske* bei dem Buchhändler Ihres Vertrauens hinterlassen können, ganz besonders wichtig. Dafür bedanke ich mich sehr herzlich!

Wenn Sie es noch nicht getan haben, dann tragen Sie sich doch bitte in meinen Newsletter ein, durch den Sie immer auf dem neuesten Stand sind, was meine Veröffentlichungen anbelangt. So helfen Sie mir ganz besonders!

www.marcus-huennebeck.de/newsletter

Alle neuen Empfänger erhalten übrigens die Kurzgeschichte *Die Namen des Todes – Die Jagd beginnt* als Dankeschön geschenkt.

Per E-Mail kontaktieren Sie mich unter:
kontakt@marcus-huennebeck.de

Per Facebook erreichen Sie mich wie folgt: www.facebook.com/MarcusHuennebeck

Und per Instagram unter www.instagram.com/marcushuennebeck

Vielen Dank und herzliche Grüße

Ihr
Marcus Hünnebeck

LESETIPPS

Ich werde oft nach der richtigen Reihenfolge meiner Bücher gefragt. Diese finden Sie im Folgenden, auch wenn ich der Meinung bin, dass man jeden meiner Thriller unabhängig von den anderen lesen kann. Aber für alle Leser, die sich gern an der chronologischen Reihenfolge des Erscheinens orientieren, ist diese Auflistung gedacht.

Die KEG-Reihe:

Die Todestherapie
- Der Wundennäher
- Der Schädelbrecher
- Blut und Zorn
- Die TodesApp
- Muttertränen
- Todesschimmer
- Vaters Rache
- Rachekrieger
- Der Geisterfahrer
- Nesthäkchens Schrei

Bittere Brut
Tödlicher Fake
Schreikind
Eiskalte Reue
Der Schattenbringer
Der Mädchenpflücker
Feuerqual
Totgeschlagen
Böser Sandmann
Der Blutmaler
Schlechter Freund
Der Schmerzspezialist
Der Bravmacher
Die Nachahmer
Die Tätowierte

Die Buchinger-Reihe:

So tief der Schmerz
Kein letzter Blick
Wundenherz
Zu viel gesehen
Zwischen den Seiten
Der Kümmerer
Der Raum der bösen Mädchen
Lügenmaske

Bei meinen übrigen Büchern finden Sie die Reihenfolge direkt auf den Produktseiten der Bücher.

SO TIEF DER SCHMERZ

Eine traumatisierte Psychologin sinnt auf Rache. Jahre zuvor ist sie geschändet worden; nun bestraft sie nahestehende Personen ihrer Peiniger mit dem Tod. Als die Polizei durchschaut, nach welchem Muster die Opfer ausgewählt werden, verhindert sie im letzten Moment einen weiteren Mord. Doch der Täterin gelingt während des Zugriffs die Flucht, und sie taucht spurlos unter.

Hauptkommissar Krumm bittet den Personenfahnder Till Buchinger um Unterstützung. Buchinger kennt die Tricks, mit denen Menschen von der Bildfläche verschwinden. Obwohl er Krumm nicht vertraut, erklärt er sich mit der Zusammenarbeit einverstanden, denn die Mörderin hat auch einen seiner engsten Freunde brutal umgebracht. Aber seine Suche nach der skrupellosen Psychologin löst eine Kettenreaktion aus, die sein Leben und das vieler anderer Unschuldiger gefährdet.

DIE TODESTHERAPIE

Gero Ruppert kennt sich aus mit Trauer und Verzweiflung. Der Psychologe betreut Eltern, die ihre Kinder auf schmerzliche Weise verloren haben. Als ein 17-jähriges Mädchen brutal missbraucht und ermordet wird, kontaktiert Ruppert die verwaiste Mutter und bietet ihr an, sie psychologisch zu behandeln.

Drei weitere junge Frauen sterben, und Ruppert kümmert sich um die trauernden Hinterbliebenen. Für die Soko rund um die Kommissare Drosten und Sommer steht trotz wasserdichter Alibis der Hauptverdächtige fest: Der Mörder kann nur Gero Ruppert selbst sein. Hat er einen Helfer? Spielt er ein falsches Spiel mit traumatisierten Eltern? Doch die Polizisten ahnen nicht, dass der Psychologe bedroht wird. Er muss den Anweisungen eines Erpressers folgen, um nicht seine eigene Tochter zu verlieren. Je näher die Soko den wahren Hintergründen kommt, desto stärker gefährdet sie das Leben des Mädchens – wogegen Ruppert mit allen Mitteln kämpft.

Printed by Amazon Italia Logistica S.r.l.
Torrazza Piemonte (TO), Italy

49384969R00159